那個夏天

佐野洋子、谷川俊太郎——著
邱香凝——譯

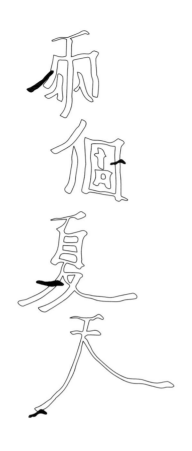

請你們厚著臉皮活下去吧！——談佐野洋子的幾本書

文／虹風（暱稱沙貓貓，小小書房店主）

由於接觸繪本作品較晚，我成為谷川俊太郎的粉絲很多很多年之後，才認識了佐野洋子這個作家，並且是「一本圈粉」。有一年，我偶然得知，這兩人曾經是夫妻時，驚訝到只說得出「怎麼可能！」；又有一年，谷川俊太郎來臺灣，在見面會中說出自己是個媽寶時，我也驚訝到只說得出「啊！原來如此啊。」前些日子，出版社編輯跟我說，這兩人還是夫妻時曾經合作的唯一一本小說《兩個夏天》，隔年因為離婚，書就絕版了二十五年，臺灣終於要出中文版時，我驚訝的不是「什麼他們竟然曾合作寫書」而是「什麼佐野洋子竟然寫過小說」！

想來也合理，畢竟繪本也是虛構作品。就連她回憶母親的散文作品《靜子》，據新井一二三在該書解說中提到，佐野洋子逝世後出版的追悼紀念集裡，前夫（第二任）谷川俊太郎與佐野的獨子廣瀨弦（與第一任丈夫所生）對談中提及，書裡她與母親和解的部分也是虛構的。

不過，那些悲傷、憎惡或者愛，都是真的啊。

《兩個夏天》也是一本悲傷的小說。由作家兩人各自構築自己的故事線推進，文風感性的佐野洋子與文字講究猶如外科解剖般精準的谷川俊太郎，在這本書裡刻畫出兩個有若天地兩極的角色，在這兩個角色身上，我們都隱約看得見作者的身影：一個貧窮的野孩子，與一個溫室裡成長的淡漠少年，對彼此的世界充滿好奇，卻只能沿著原來的生命軌道成長、前進。

相隔二十五年重新出版時，谷川俊太郎在書末附上一封頗有意味、與佐野洋子剛認識時，她寫給他的信代替後記。

讀著讀著，不知道為什麼就想哭了。

我很喜歡、很想念佐野洋子，希望世人永遠不要忘記她的那種程度的喜歡。但是作家啊，只要書慢慢絕版，就會逐漸被世人遺忘了。小小蒐集、販售的貓書裡面，有一本經典作品是佐野洋子的《活了一百萬次的貓》，它絕版了好一陣子，久到已經有讀者不知道這本書的存在。

《活了一百萬次的貓》重新出版時，我又看了一次，然後還是哭了。距離上一次看這本繪本少說也有七、八年吧，每回賣掉書店補訂進來就會再看一次，看一次哭一次。我記得有一回我決定此生不要再翻開它了，它好好地待在書架上就好，省得我又哭。我也曾想過，是否該在書上貼個「愛哭鬼不要看！」的標籤提醒自己（或讀者），但一直沒下定決心。

後來它就絕版了。

會讓人哭的書都很好賣耶，臺灣的出版社怎麼這麼傻，實在想不通。果然，後來有別家出版社想通了，於是它又回來了。

不過，不是所有的書，出版社都會想通。讓我「一本圈粉」的佐野洋子作品，不是那本很煩的《活了一百萬次的貓》，而是《被生下來的孩子》。在浩瀚的繪本作品中，只要書名有「孩子」的，我通常都會跳過去，雖然繪本多半都是畫給孩子看的，但我一點都不想要再當孩子了，所以這本書若不是真美老師翻譯的，我大概連進都不會進。

總之，《被生下來的孩子》講的其實是「沒有被生下來的孩子」，我覺得這個角度太震撼了，原來童書界也有這樣不凡角度的作品。隔年的《我是貓耶》奠定了我一輩子都要追隨佐野洋子的決心，那隻浮誇、虛張聲勢、膽小得要命的貓，就是我眼中貓的真實面貌！而攫住我的，不只是故事，更是佐野洋子野性不羈的畫風，狂野的線條啊、筆觸啊，人物角色背景鮮活得像是要從紙頁裡蹦出來，我生平第一次那麼捨不得讀完一本繪本。

可能托貓奴之福，《我是貓耶》於二〇一九年重新出版，而《被生下來的孩子》則絕版至今。

我最討厭絕版書了。

絕版書一來讓我沒書可賣，沒錢可賺，這是最重要的一點；還有另一點也很重要：書的絕版，會使閱讀群出現斷層，就如《兩個夏天》一樣，我壓根不知道佐野洋子也寫小說。我認識的佐野洋子，是繪本作家噢。但是，幾年前臺灣出版社開始引入佐野洋子的散文時，她的繪本作品在臺灣已經停止引介，曾有年輕讀者，看到我推薦她是我心目中的繪本大神時大吃一驚，他們還以為這是一個散文界橫空出世的犀利老太太！

時光流轉，這幾年佐野洋子的散文集又漸漸絕版了，前兩年有出版社一口氣出了許多許多她的繪本，頗有想要一網打盡的氣勢，重新拉攏了不少年輕讀者，那麼，繪本界的讀者，你可知道佐野洋子也是散文界的潑辣女王呢？

我以前也不知道。

當年《無用的日子》、《靜子》出版時，我簡直被嚇傻了，尤其是《靜子》，是佐野洋子寫她母親的回憶錄，在她記憶中的母親，從來不講「謝謝」與「對不起」、心胸狹窄、自卑、勢力、粗俗、會為了一點小事把她打得半死。她的父親在五十歲時過世，母親當年四十二歲，身為長女的洋子十九歲，妹妹七歲，哥哥與弟弟分別在他們十一歲與四歲時生病離世。哥哥的死亡，在洋子心中留下長遠恆久的創傷。這傷痕，恐怕是來自於她的雙親當時所受到的打擊：「母親變成半發瘋狀態；父親的背影看起來像是心裡最核心的東西被抽掉了。」（頁53）。母親老了，被弟媳趕出家門之後，洋子與她妹妹決定將母親送到養老院。

《靜子》是一本負疚之書，因為無法親自照顧母親、感到自責而開啟的回憶書寫；是一本究責之書，細數從小到大，母親未曾給予過的溫情與愛；是一本揭瘡之書，將家庭裡的不堪、貧困，家門背後不為人知的瘡疤，如洪水般傾倒而出；也是一本女人才能寫得出來的書——佐野洋子所有身為女性所具有的手藝、廚藝，都承襲自那個她不愛的母親。從爬梳這一生與母親的回憶裡，她理解到一個在四十二歲就必須擔負起四個孩子生計的女人，要如何為生活錙銖計較，寸步不讓。

也是一本和解之書，罹癌的自己，與逐漸癡呆的母親，在時光中逐漸匯流，最終得以擁抱的催淚之作。

幾乎在同一時間出版的（無論日文或繁體中文版）《無用的日子》，是罹癌之後驚人的爽颯豁達自白。這兩本書在散文讀者群裡想必引發了熱烈的迴響，讓出版社得以再接再厲推出她更早之前的作品：《我可不這麼想》、《沒有神也沒有佛》。

《我可不這麼想》收錄作家在一九八〇年代的隨筆，主題相當廣泛，不過，談及創作有關的主題時，我覺得，如果我一輩子都只看佐野洋子的繪本，我一定不會想到原來她也有過「少女趣味」時期。什麼叫做少女趣味呢？你懂的，就是公主啊、蕾絲啊、波浪捲啊……啊啊啊啊你在尖叫嗎？你覺得佐野大神怎麼可能會畫公主畫嗎？「稍微長大後，我看到中原淳一的畫驚艷屏息，迷上那張臉幾乎都是眼睛的非現實少女」（頁30）。

時代啊！

此時期正值中年的洋子，還沒有到老年時放開手腳的豁達勁，生活上還有點綁手綁腳，不過已經可以「看出潛力」。譬如，抱持勤儉持家不浪費的精神，談處理剩菜，看到中華料理食譜有道鍋巴飯，做法簡單賣相極佳，此道菜的魔法來自勾芡，被撩得味蕾大開的佐野洋子衝去買芡汁所需要的材料，計有：干貝、豬肉、鮑魚、火腿、香菇、竹筍、蔬菜……

嗯？咦，誒！買這麼多、用這麼奢華的材料來消滅剩菜是不是哪裡有點奇怪？

諸如此類的。非常會寫，生活裡雞毛蒜皮的小事被她一寫立刻有趣得不得了，連灰塵都會發光的那種程度。

而中年時期還在意的一點點臉皮問題，到了老年時期的《沒有神也沒有佛》，就被她消滅得一丁點也不剩了。

有次，有個讀者請我推薦佐野洋子的書給他不看書的老媽，我一秒都沒遲疑拿起《沒有神也沒有佛》，他立刻搖頭：「我媽沒有宗教信仰」。哎呀！就是這樣才對盤啊！這本書跟神佛唯一的關係就是「沒有」，此書可是佐野洋子後來驚世「無用老人論」的起點版，「我六十三歲了，是個無用的老人。」（頁17）不過呢，佐野洋子筆下這隱居鄉間的「無用老人」，大概是我讀過過得最爽最任性的老年生活，連她的鄰居友人也是如此：「日前我去佐藤家問他：『我要去量販店，你要不要買什麼？』佐藤說了令我開心的事：『啊，我也非去不可，可是我忘了要買什麼東西哪。說不定路上會想起來。』在櫃檯結帳時，佐藤雙手都拿著東西，我說：『太好了呀，你想起來了。』結果他回答：『呃不，我覺得我要買的好像不是這個。』」（頁167）

所謂，近朱者赤大概就是這樣。

佐野洋子說，她心情不好的時候就會讀田邊聖子的書。每次我的人生過得規規矩矩、無聊萬分時，我就會拿起佐野洋子的書，因為，這樣瞬間就可以獲得厚臉皮、任性地活下去的勇氣。

此乃輕輕鬆鬆就能獲得「被討厭也無所謂噢」的加持術是也。

風與夏天的距離

文／袁瓊瓊（作家、編劇）

《兩個夏天》是一本很神祕的書。初看時會看不懂，不明白究竟在寫什麼，既不像純粹的散文，又不像純粹的小說。尤其第一篇〈釘子〉，乍看似乎兩位作者在寫的內容完全不搭嘎，仔細閱讀，才發現佐野部分寫的是「正在發生的事」，而谷川寫的是多年之後某一天偶然的回憶。以我自身的創作經驗看，我認為兩位作者在發想合寫這本書時，是充滿實驗性質的，可能只是簡單商量了幾個重點，便開始各自發揮。

佐野的〈釘子〉，寫的是性啟蒙的故事，筆觸強烈，承載許多激情。而谷川的

「回應」——是的，我認為這個故事，表象看，似是各自表述，然而深究，就發現是對話。由佐野「開啟」，而谷川的「回應」——相對於佐野充滿興奮感，帶了好奇和想像的敘述，谷川的回應不僅只是「冷靜」，事實上接近「迴避」。對於谷川，或許佐野太熾烈了。佐野故事中，那個像猴子一般的女孩，脫光了全身，赤裸的讓自己浸泡在男孩挖掘的水塘中，而在谷川的「回憶」中，卻是：「什麼都想不起來。那個至今連一次都沒喊過的名字幾乎已到唇邊，卻還是說不出來。」而這個無法說出來的名字：「既不是母親的名字，不是妻子的名字，也不是女兒的名字。」

換言之，不是俗世裡的名字。或許對谷川而言，那具有更高的意義。然而對於俗世感極強的佐野，這可能是不夠的。

到了第二篇〈放心待在這裡〉，谷川直接了當讓主角荒謬的死去了。不僅止是死去，似乎還鬆了一口氣，對於死去這件事甚至產生了幸福感。在谷川的描寫中，男主角對於活或死都無可無不可，安身於一種「怎樣都可以」的狀態中，與其說他是在生命中遭遇了什麼必須以死來解決的問題，比較像是倦怠感。而又不是對於「生」的倦怠或失望，更像是「卡」在生命中間，而死亡是脫離這種困境的方法。故事中以同性戀為藉口，似乎問題出在他的性向。但若實際來看，拿掉這三個字，對於，無論是佐野或谷川敘述的故事，都毫無影響。因之，「同性戀」的設定出現在這裡，有點像一句髒話，帶有隱藏的憤怒，而並不具有實質意義。

佐野的書寫雖則俏皮，其實文字中有巧妙的宣洩。那個家庭中缺席的男人，被隨意捏塑，他可以是這樣，可以是那樣，面貌多端，而沒有任何人覺得奇怪。文末揭露，是因為他的存在其實是空白，他從未被描述。直到骨灰罈送回來，這個不存在的男人，化成了具體的白骨。母女倆將其擣成齏粉，而在工作中，「兩人不時用食指沾粉起來舔。」

一九九〇年，谷川俊太郎五十九歲，佐野洋子五十二歲。兩人之前都有過婚姻，在人生的中後段，選擇要廝守，這絕不是魯莽的決定。然而，畢竟沒有走下去。一九九五年出版了這本兩人共著的《兩個夏天》，隔年宣告仳離。現在看來，非常像是一個挽救婚姻的決定。兩個人在這本書中，試圖走向對方，卻反而是透過書寫，看清了雙方間的距離。

最終篇的〈小敏之墓〉，非常非常悲哀。佐野的故事中，妻子疑心丈夫外遇，正逢推銷員來推銷墓地，妻子於是為自己私自選購了埋骨之處，因為不願意死後和丈夫葬在一起。

關於作者在寫作時，是不是有多少的預知能力，這一點暫不討論，但是事隔數十年後來看這本書，我忍不住覺得，佐野在寫作之時已然看到了結局。描寫女主角去探視墓園時，佐野寫：「在讓人想拿來蓋房子的土地上建設墓園。」那塊地視野美好，環山面海，但不是為了共同生活，而是為了終止。

而谷川則描寫了一個從未出世的孩子。年老的男人和這個他希望存在，對於他來說，面貌和個性都十分鮮明的未來的孩子對話。他可以聽見她，看見她，甚至想像了這孩子伴他終老，但是她永遠不會出現。她的存在只是一些碎片，極不完整，因為命運的走向不讓她能夠完整。

從谷川的文字中看，他是帶有憾意的，甚至帶著祈求：「妳不會死，因為妳甚至還沒出生。我期待著哪天能見到妳。」這微弱的祈求近乎離題了。題目是「小敏之墓」，一落筆即已宣告了結束。

〈夏天來了〉詩中，谷川寫：

「每次夏天來時都夢想這次就是了

每次結束之後卻都不覺得那是一輩子只有一次的夏天」

這是風的心情，面前總有別的夏天，但對於夏天而言，在經歷的時候，是一輩子只有一次的。

某方面，這也就是男人與女人相遇時的心情。

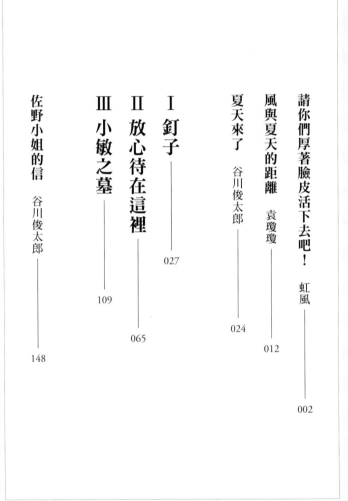

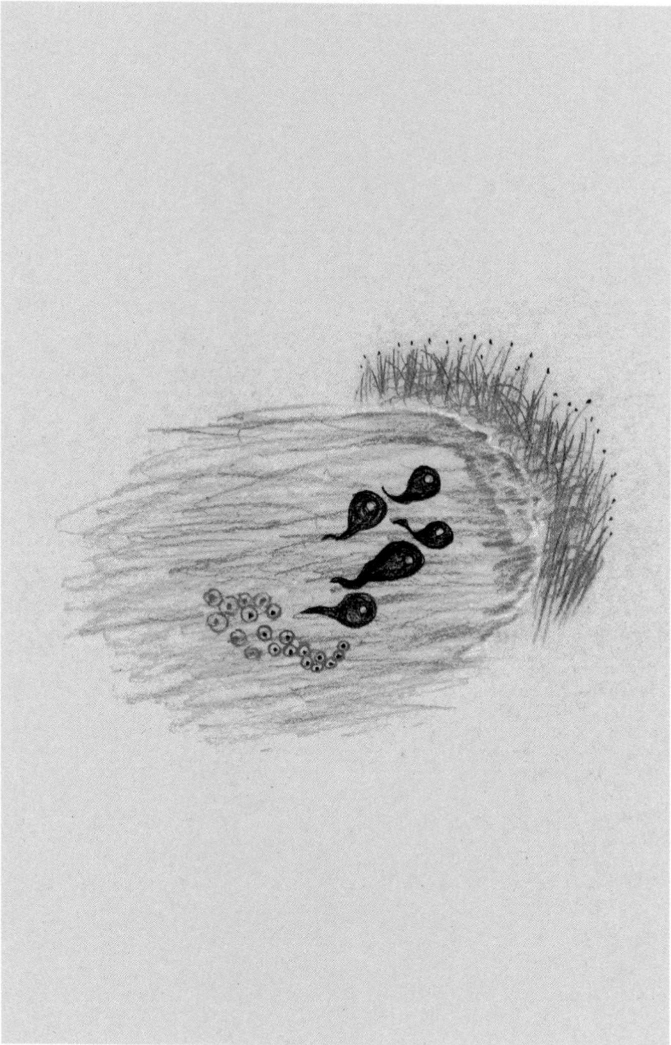

※書中灰色頁面為谷川俊太郎，其他頁面為佐野洋子所作。

夏天來了　谷川俊太郎

夏天來了
覺得自出生以來已經過了好長一段時間
出生時一絲不掛
立刻被穿上白色柔軟的衣物
之後就不斷替換著穿上些什麼
每當夏天來到總會想起出生時的一絲不掛
既冷且熱　既害怕又愉快
可能還有點自暴自棄也說不定
漸漸學會了各種事

學會寫字吃西瓜游泳皺眉頭
學會喜歡人討厭人或不喜歡不討厭
然後忘記的比學到的更多

說不定其實一輩子只有一次夏天
每次夏天來時都夢想這次就是了
每次結束之後卻都不覺得那是一輩子只有一次的夏天
就像車子停靠的地方不是自己要下的車站一樣
一直沒辦法下車是因為來迎接的人總是
連一次也不曾擦身而過的陌生人的緣故嗎
蟬鳴聲中陽光燦亮
遠方的地平線變得模糊
夏天又來了

I 釘子

七月十五日　晴

爸爸把別墅的柵欄修好了。我將嘴裡含著的很多釘子，一根一根交給爸爸。

「拔拔、為噁模酷椰戶額冷無記己幽咧？」

「笨蛋，不要把釘子放在嘴裡講話，快吐出來。」

我把嘴裡的釘子吐在手上，流了好多口水。

「笨蛋東西，髒死了，別連口水都吐出來啊。」

「誒，爸爸，為什麼住別墅的人不自己修呢？」

「人家是了不起的學者啊，不用做這種事。」

「是喔——」爸爸從我手上拿起沾了口水的釘子，咚咚敲進柵欄。

「因為是學者，健太郎的爸爸才會誰也不理嗎？」

爸爸不說話，只是一直敲釘子。

「健太郎說獨角仙很臭所以他不摸，其實一定是他怕蟲吧。」

「這表示健太郎腦袋也很好啦。」

每到夏天，健太郎就會和他撐著白色洋傘，漂亮得像姊姊的媽媽及戴黑色帽子，只有眼睛咕溜轉卻完全不笑的爸爸，搭著黑色汽車一起來。

再過兩三天，後面那棟別墅的京子和香澄也會穿著有很多蝴蝶結的花邊洋裝，一樣搭著黑色汽車來。我總是站在柵欄這邊看。健太郎只跟京子和香澄玩。

京子、香澄和健太郎很少走出別墅的庭院。京子發現我站在那裡看，就會過來說：

「妳走開啦。」

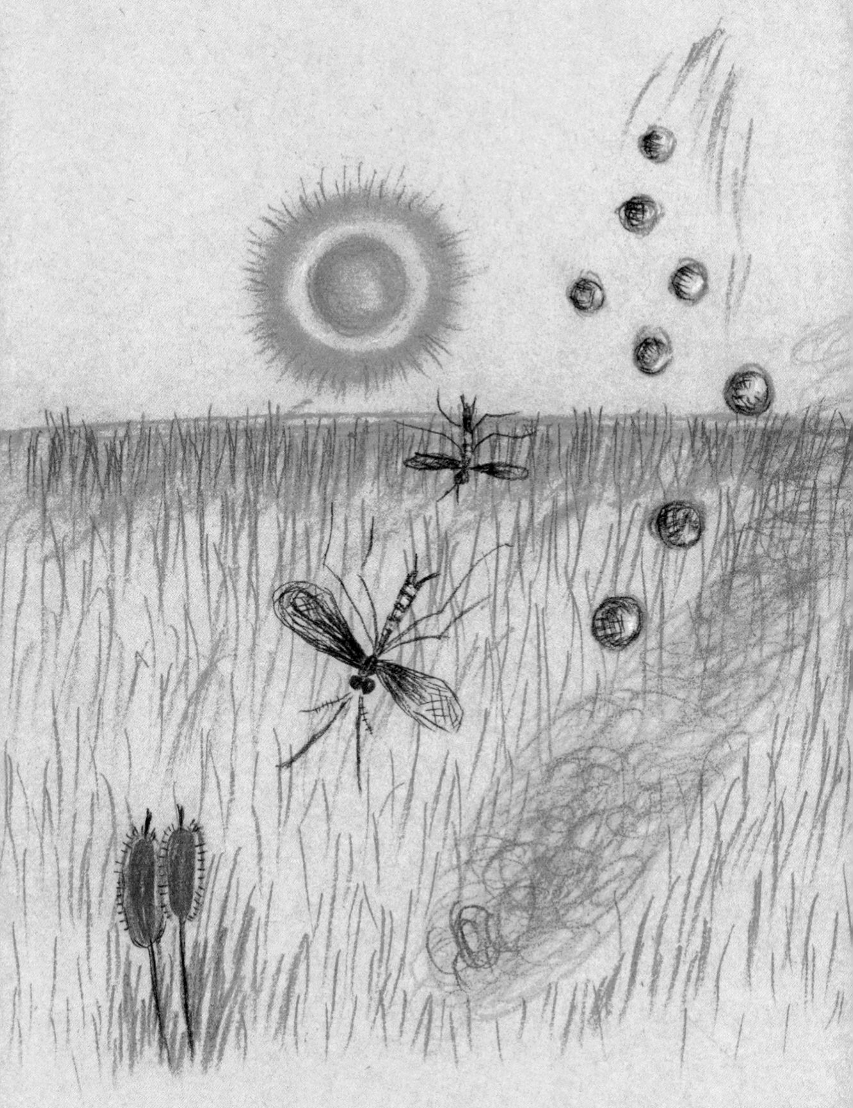

我把抓到的青蛙用力往京子身上丟。

京子大喊：「媽媽！」一副快要哭出來的樣子。

我也大喊：「媽媽！」

這種時候，穿著水手服的健太郎只是瞪大眼睛，像根柱子似的站在那裡。

怎麼不快點過來呢。

我在樹洞裡藏了好多蛇的蛻皮，快點過來嘛。

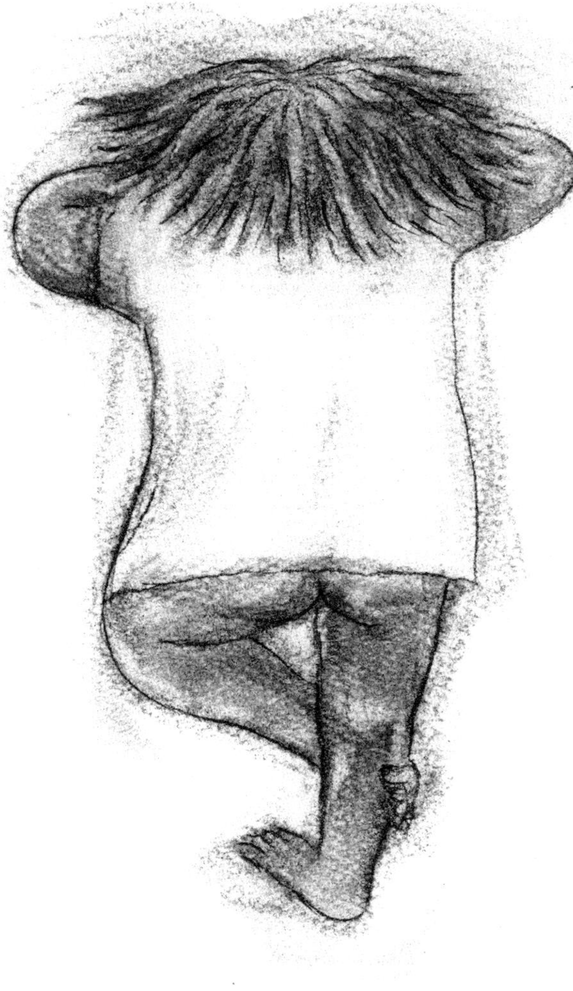

七月二十三日　多雲時晴。

下午兩點過後，由京子開車前往山莊。抵達山莊，打掃、整理完，京子就回去了。晚餐吃帶來的麵包、布里起士和半瓶摩澤爾葡萄酒。電視機畫質不良。和室地板腐爛的情形更嚴重了，踩上去鬆軟晃動。這也難怪，畢竟是六十年前蓋的房子，在這一帶也算破紀錄了吧。就連河內山莊今年也終於翻新改建，車庫裡停著簇新的VOLVO，看來她的全集賣得很好吧。倒也不怎麼羨慕就是了。

戰前都會從輕便鐵道的車站搭計程車過來。不知為何，這裡的計程車全是黑色敞篷車，不是道奇就是雪佛蘭，喇叭也不是橡膠喇叭，都是發電式的，還記得當年為此興奮不已。此外，排氣的氣味也和在東京聞到的不同，小時候一聞到那氣味就覺得夏天到了。

不知是汽油的質地改變，還是自己的嗅覺遲鈍了，最近已不再聞到那氣味。

玄關的帽架上只掛著一頂陳舊的草帽。如果是麻美小時候戴的，應該要有印象才對。什麼時候開始掛在那裡的呢？好像快想起來了，結果還是想不出來，心裡總有個疙瘩。這種事情也變多了。

一點就寢。之前為了給暖爐點火，翻出一疊麻美的舊少女漫畫，挑了一本看著看著就睏了。一個人真好。

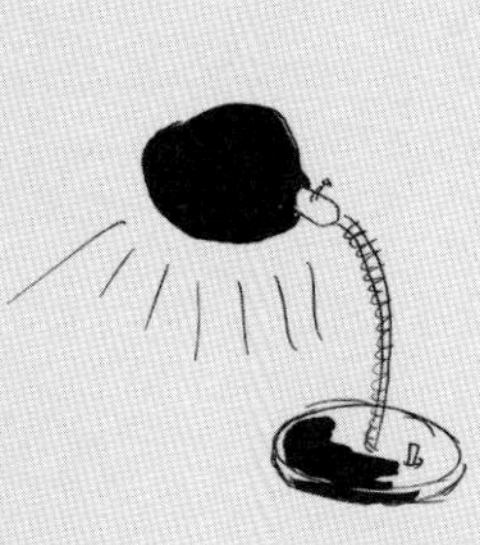

七月二十三日　雨

媽媽說：「下雨了，給別墅送牛奶過去。」平日健太郎會帶著馬口鐵做的牛奶罐來，輕手輕腳走進土間*，說：「伯母，請給我牛奶。」我每次都被他嚇到。因為他竟然叫媽媽「伯母」。每次一聽到他喊伯母，媽媽就扭扭捏捏的，我都覺得好驚訝，媽媽才不是什麼伯母啊。

只要淋雨，健太郎就會發燒。我沒撐傘就跑去健太郎家，從簷廊外咚咚敲打玻璃門。坐在書桌前背對這邊的健太郎會過來開門。

我說：「拿去。」把牛奶罐交給他，健太郎就會說：「謝謝。」

「誒，妳這樣會發燒喔。」健太郎看著我說。我咧嘴笑。雖然我才不想咧嘴笑，但還是咧嘴笑了。我不是什麼「妳」，也不會發什麼燒。

「誒，妳知道宇宙的邊界在哪裡嗎？我正在讀跟宇宙有關的書。」

我還是咧嘴笑，什麼也沒說就回來了。

晚上睡覺的時候，我問阿嬤：

「阿嬤，妳知道什麼是宇宙嗎？」

「不知道，快點睡。」阿嬤這麼說。

＊日式建築的一部分，介於平地的屋外與架高地板的室內之間，多半與廚房相連。

七月二十八日 多雲，驟雨。

下午散步兼購物，來回走了四公里。騎自行車從身旁經過的年輕人，無論男女毫無例外，全都穿著網球裝，行李架上塞著一把網球拍。

紙盒裝的牛奶一年比一年難喝，不像從前喝得到地方農家飼養的牛身上剛擠下的新鮮牛奶。那時的牛奶又白又濃稠，有時會摻雜一點枯草在裡面。還記得母親總是神經質地用篩子過濾，而且一定用牛奶鍋煮沸才讓我喝。

母親每天早上讓我喝一杯牛奶。我雖然不特別喜歡牛奶，但不討厭早晨喝牛奶的時光。當然，那時年紀還小，沒有特別意識到這件事，不過，那確實是一種「自己正活在當下，今後也將繼續活下去」的感覺。總覺得活著且活下去是非常惆悵又美妙的事。

那時的我隱約預感到的生存滋味，現在的我是否真的品嚐到了呢？

京子打電話來，說英語教室生意很好，週末不能過來了。反正藉口都是人找的，而我也不認為這麼想的自己很低級。

夜裡，我走出家門，仰望樹縫間的星空。四下安靜得可怕，安靜得可怕。內心不經意閃過一個念頭，原來我一直是對著這片靜謐思考的呀。半夜腹痛而醒。腹瀉。

八月一日　晴

今天，我找到一條很漂亮的蛇皮，又白又乾，沒有一個地方破掉。我先把它藏在祕密樹洞裡，然後在健太郎家別墅的柵欄旁一直等。

京子和香澄在打乒乓球，白色蕾絲飄啊飄；健太郎坐在旁邊，兩隻腳晃來晃去。

我一直等。因為香澄和京子一下就會膩了，然後她們就會散步到河邊去。她們要去採河邊的花。河邊的花長在地上，很容易採。要是我的話，連長在懸崖上的紅百合都採得到。

我跟在她們兩個後面，模仿裝模作樣的京子。

一回頭看到我，她們就輪流對我說「走開走開」。

我跑向藏了蛇皮的樹洞，躲在裡面。只留最漂亮的一條蛇皮，其他全部抓在手上，趁她們經過樹前面時丟出去。

她們兩個哇哇大叫，哭了起來。一邊大喊「媽媽、媽媽」一邊朝別墅跑走。

我默默從樹洞裡出來，看著她們兩個跑掉。

晚上睡覺時，我想著健太郎說的「宇宙」是什麼，好像是很暗的地方。

八月一日　鎮日霧雨。

上午寫了五頁史丹佛大學要求的英文論文草稿。這東西等於過去自己研究成績的摘要，說來也是理所當然，但內容了無新意仍令我不耐。

小時候，在第一次讀的科普書上看到從衛星看土星的想像圖，那荒涼之美令我屏息震撼，也促我走上今天這條路。不過，當時我感受到的究竟是什麼呢？最近我開始認為，簡單來說，那或許是對人類的厭惡。

話雖如此，厭惡的內容並不單純。沒有半個人類的宇宙觀確實帶給我安心感，但那其中也存在著某種渴望。我渴望肉身能化為原子遍布，與眼前荒涼的景色合而為一。這或許是一種徹底以自我為中心的欲望，希望與宇宙相對的只有自己一人。

這就是為什麼我總是對現實中的人保持恐懼。現實中人類的外型、肌膚的溫度、氣味，明明自己也都有，我卻無法完全接受，感覺只有自己是個透明人。一直以來，我都是這樣置身事外地思考著世界的樣貌，總覺得這就是做學問的方法。如果真的是這樣，那我一定錯過了什麼。

用卡帶錄音機播放巴哈的創意曲，邊聽邊入睡。

八月三日　晴

今天沒什麼事可做，我跑到後山的懸崖去爬樹。

我可以一直往上爬，連草鞋都不用脫。

爬到很高的地方，躲在樹葉裡，誰都找不到我。

我可以一邊搖晃一邊睡午覺。

聽見下方的河岸傳來丟石頭的聲音。

低頭一看，健太郎穿著一件內褲在河邊挖洞。我嚇了一跳，健太郎竟然把衣服脫掉了，只穿內褲。

健太郎瘦巴巴的，皮膚很白，都看到骨頭了。
我覺得瘦到看得見骨頭很高尚。
離他挖的洞不遠處，摺疊整齊的水手服放在那裡，四個差不多大小的圓石壓在上面，中間放著一本書。
旁邊有一條攤開的手帕，上面也壓了一顆石頭。
健太郎不時停下挖洞的手，走過去拿手帕擦手。
然後，他把書打開，很認真地看，然後再走回洞旁邊。洞的形狀很奇怪。
健太郎也快成為學者了，所以連挖洞都要查書嗎？
洞裡漸漸積了水。
健太郎把石頭往河裡丟，洞愈來愈大，形狀好奇怪。
蹲下來時，內褲都弄濕了。健太郎拉開褲頭，往裡面看，然後脫下了內褲。
瘦巴巴的健太郎露出小雞雞。

看到健太郎露出沒人保護的小雞雞，我好想哭。

健太郎穿上水手服，沒穿內褲就直接套上短褲跟鞋子，把濕掉的內褲拿在手上回去了。

我一直在樹上待到傍晚。

晚上睡覺時閉上眼睛，脫光光露出小雞雞的健太郎浮現眼前。

皮膚很白又瘦巴巴的健太郎一個人脫光光站在暗暗的地方。

那暗暗的地方就是很久以前健太郎說過的宇宙嗎？

我躲在棉被裡哭了。

八月三日　萬里無雲。

費了一番工夫攀下後山懸崖，來到河邊，赤腳踏入河裡，撿拾石頭做了個小水壩。

看來自己寶刀未老。無論多麼微不足道的事，人類對大自然加工的欲望應該是與生俱來的吧？這種本能是在演化過程的哪個時期形成的呢？河水冰得刺痛皮膚。

朝河川上游漫步，在幾乎朽壞的圓木橋旁發現一棟似曾相識的廢屋。曾經有戶人家住在這裡，在岸邊種豌豆、番茄和馬鈴薯，冬天燒製木炭，夏天管理好幾棟別墅山莊。印象中還有牛圈，每到夏天我們家都會來這裡買牛乳。

這戶人家有個女兒，名字想不起來了，身手矯健得像山裡的野猴子。她常故意捉弄當時年幼的京子和香澄，母親還曾因此去向那女孩的父親抱怨。和香澄也十幾年不見了，最後一次收到她的明信片記得是從日內瓦寄來的。

睡著前的短短幾十秒，有時會分不出是清醒還是睡著。我雖然沒有吸毒的經驗，但那大概就像吸毒時陷入的迷幻狀態吧。感覺身邊似乎有個人，彼此並未肌膚相觸，卻舒服得令人陶醉，大概就在快觸碰到那個人時睡著的吧。早晨醒來時還殘留著那種快感。那人到底是誰？

八月四日　晴

爸爸從鎮上買了一頂帽子給我。

不過那是男生的帽子，上頭綁著黑色緞帶。我把黑色緞帶拿掉。

想去哪裡玩，又沒地方好去，只好跑到後面的別墅門前走來走去，沒看到半個人。

我去了藏蛇皮的樹洞，拿出藏在裡面最漂亮的那條蛇皮對著太陽高舉，看到好多亮晶晶的光點，好漂亮。

我用蛇皮代替緞帶綁在帽子上，帽子看起來變得好高級。

後來我去了河邊。昨天健太郎挖的洞還在，裡面積了水。伸手一摸，像洗澡水一樣溫溫的。

洞的形狀好像一個人，一個張開雙手雙腳的人，大小跟我差不多。

我脫下衣服，脫下內褲，把帽子放在衣褲上，再用石頭壓住帽子。

我全身光溜溜的，輕輕躺進洞裡。

好溫暖，我依著洞的形狀張開手腳，閉上眼睛。

溫暖的水啪滋啪滋蓋過全身，嘴巴和鼻子都濕了。

我躺著不動，張開嘴巴，這樣水才不會跑進鼻子。

溫暖的水跑進嘴裡，好舒服。

太陽公公好刺眼，一閉上眼睛，全世界都變成了大紅色。

好想永遠永遠張開手腳躺在這個洞裡。

忽然覺得涼涼的，我睜開眼睛，可是太刺眼了，眼睛好痛什麼都看不到。

好像有個人。

過了一會兒，才看到健太郎像個紫色的影子呆站在那邊。

八月四日　時晴。

想喊名字，像幼兒那樣地喊名字，那唯一的名字卻想不起來。要是能喊出那個名字，至今隱藏在我內心的東西或許會一口氣溢出來。

隱約有個印象，彷彿在遙遠過去的水中擺盪，那水在陽光下反射出刺眼的光芒。我看到的是纖瘦的褐色身體。那個身體曬了太陽，散發枯葉也似的氣味。光是看著無法滿足，我走向那個身體。我把自己的身體疊上那個身體，獲得難以言喻的神祕心境。那個身體有名字嗎？

總覺得是在河邊。那裡應該是宇宙的某處，不，那就是宇宙本身。我和那個身

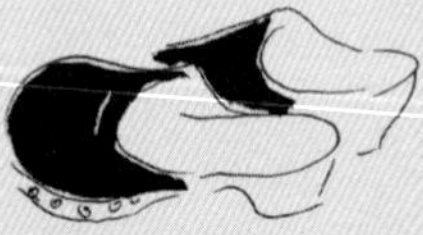

體靜靜地待在宇宙中心，不動也不說話，簡直就像出生前就這麼做了似的；彷彿死後也會這麼做似的。後來，我的身體突然收縮為一點，同時朝四面八方分散。

不知道是無法以言語描述，還是畏懼以言語描述，用了那麼多言語詞彙描述宇宙基本構造的我，這時卻發不出任何言語，那感覺就像一個我全然不解的宇宙與我自以為熟悉的宇宙重疊在一起。

現在我想起來了。就在寫著這個的當下，我清楚回想起來了。玄關那頂草帽就是那時撿到的。

我從帽架上拿起帽子，放在寫這個時的枕邊。試著聞了聞，只有一股霉味。

什麼都想不起來。那個至今連一次都沒喊過的名字幾乎已到唇邊，卻還是說不出來。既不是母親的名字，不是妻子的名字，也不是女兒的名字。

八月五日　雨

下雨了。媽媽說：「去送牛奶。」

我說：「不要。」媽媽大吃一驚，看著我的臉，什麼也不說就把牛奶罐放到我手上，然後繼續盯著我。

我心不甘情不願地走出去。

走到別墅玻璃門外，我不說話，只是站在那裡。

健太郎坐在書桌前，背對這邊。我打開玻璃門，默默地把牛奶罐放在簷廊上。

健太郎像個黏在桌邊的石頭，頭也不回一下。

我關上玻璃門拔腿就跑，一跑起來就不知道該在什麼時候停下來。

我一直跑一直跑，雨啪啦啪啦打在臉上很痛。

我一直跑到有樹洞的樹那裡，鑽進樹洞，縮在裡面一動也不動，一動也不動很久很久。

一動也不動的時候，就不知道該在什麼時候停止一動也不動。

我一直一動也不動。

雨停了，太陽照進來。

我想起昨天忘了帶走帽子。

爸爸會發現嗎？

我爬下懸崖，走向河邊。昨天放帽子的地方不見帽子，只剩下那條最漂亮的蛇皮還在原地。

昨天那個洞裡的水增多了，洞已經有點變形，乾淨的水急沖沖地從那上面流過。

我撿起蛇皮，小心地纏繞在食指上。我盯著一圈一圈纏繞在食指上，有點濕掉的蛇皮，然後舔了一口。

沒什麼味道。我解開蛇皮丟進河裡。

蛇皮像活生生的蛇一樣扭動，急沖沖地隨著河水流走了。

九月二日　萬里無雲。

日記幾乎中斷了一個月。這是個奇妙的夏天，預定要寫的論文雖然完成了，總覺得自己工作得心不在焉。拼湊不齊的記憶碎片不時來襲，困擾著我，要是能像拼圖一樣完成它，就能看到我人生的大圖嗎？不，我不這麼認為。活著這件事，不像拼圖一樣有清楚的輪廓。

等京子開車來接我的時間，漫無目的地在別墅內散步。站在只有孩提時代去過的柵欄邊，找到一種小白花。我當然不知道這花的名字，為了看得更仔細而蹲下來，腳底傳來微微的痛感，一根生鏽的鐵釘掉進涼鞋和腳中間。

說不上為什麼，我撿起那根釘子，把小白花的事拋在腦後，盯著那根釘子看。那是一根彎成ㄑ字形，鏽蝕得快斷了的釘子，應該是用來固定柵欄的吧。不知為何，我忽然產生非常懷念的心情，腦中出現愚蠢的念頭，心想這釘子是不是要告訴我什麼。為什麼會這樣呢？把釘子放進口袋，大門外傳來汽車喇叭聲。

II 放心待在這裡

今天雖然是星期天，但因為是父親教學觀摩日，得要去學校。

不過教學觀摩十點才開始，早上可以睡晚一點。雖然這麼想，卻熱得睡不著。

我一邊嚷嚷：「吼，好熱、好熱喔！」一邊走下樓。沒看到媽媽，我從冰箱裡拿牛奶出來喝。

去媽媽房間一看，她還在睡。「誒，這麼熱，虧妳睡得著。」我這麼一說，她就回我：「拚了命也要睡到九點。」把毛巾蓋在頭上。「可是今天要去學校吔，妳忘了嗎？那個。」媽媽從毛巾底下探出頭，「對吔，是那個。」跳起來嚷著：「沖澡、沖澡！」媽媽衝進浴室。

我們家沒有爸爸，今天去學校觀摩的是媽媽。從我有記憶時就沒爸爸了，參加父親教學觀摩日的總是媽媽。其實班上沒爸爸的人有兩個，另一個沒爸爸的阿隆，他媽媽絕對不會來學校。他媽媽在車站前開一家酒行，阿隆的兩個哥哥跟他媽媽一起工作，兩個哥哥都是流氓，頭髮燙得鬈鬈的，其中一個哥哥還沒有眉毛。阿隆在學校裡有六個還七個小弟，他們都叫他「老大」。我看阿隆也是流氓預備軍，以後肯定會變成流氓。

媽媽參加父親教學觀摩日時都會打扮得超級時髦，我非常喜歡。

一開始，媽媽先穿上Y's的寬鬆黑色洋裝。

「誒、誒，小惠，妳看這件怎麼樣？」

「好像流氓。」我這麼說。「會嗎？」媽媽似乎覺得很沒趣。她又戴上四個銀色手環，哐啷哐啷甩著手環，對著鏡子前看後看。

「說得也是，穿這樣不適合參加家長會。」說完，立刻脫下洋裝。「還是安分點，走洗練路線吧。」才說，便換上了三宅一生的白色摺紋罩衫，搭配灰色一片裙，走路的時候，連大腿都會露出來。

「小惠，Obris，Obris。」聽媽媽這麼一喊，我就跑到她床邊，從抽屜裡的錶盒中拿出沉甸甸的銀色手錶。媽媽卸下哐啷作響的手環，只戴上手錶，故作優雅地豎起手說「這樣如何？」

「嗯，不錯。」我說。

「讓那些陰溝老鼠色的大叔們全都拜在我石榴裙下。」媽媽對著鏡子重新塗抹口紅，咧嘴一笑。

「只要媽媽出馬就搞定了啦。」我對媽媽比出勝利手勢。

媽媽外出時會戴上白色的大帽子和太陽眼鏡。

「話說回來，今天還真熱。」

兩人默不吭聲地走了一小段路。

「這次妳寫了什麼？」媽媽問。
「以前當過偶像明星，現在是各地巡迴演出的歌手。」
「是喔，搞不好還酒精中毒。」
「只有一隻眼睛，另外一邊是義眼，眼珠有時會掉出來。」
「妳很猛吔，我還以為身障者是禁忌。」
「可是一和我見面就會哭，從拿下眼珠的洞裡流出眼淚。」
「這會不會太刺激了。」
「我應該要有這點程度的自由吧，畢竟媽媽的部分已經不能再編了。」
媽媽沉默下來，低著頭走路。雖然看不清太陽眼鏡下的眼睛，現在她的眼神應該超凶狠。
兩個人都不講話挺不妙的，因為彼此都能感覺到對方在想什麼。
「妳看，出現一隻了唷，陰溝老鼠。」

山口同學和他那當銀行副行長的爸爸一起從高山西裝店那條巷子走出來。上了髮蠟的頭髮梳成三七分，看起來很滑稽。明明天氣這麼熱，他還穿了灰色西裝打領帶，不可思議的是竟然沒出汗。

山口同學的爸爸一看到媽媽就一臉狼狽地別開視線。

「誒、媽，那隻陰溝老鼠一定覺得妳很危險。」我小聲對媽媽說。

「那種貨色，只要給我十分鐘就能搞定了。」媽媽也小聲對我說。

「不知道那種人活著有什麼好開心的。」媽媽微微調整了一下帽子，用唱歌似的聲音這麼說。

父親教學觀摩日這天一定得要以「我的爸爸」或「爸爸的工作」為題寫作文，在班上朗讀。

擠滿一堆大男人的教室瀰漫一股男人的臭味。

平常的教學觀摩日則是充滿脂粉味，悶得教人透不過氣。不只是悶，是真的很熱。

幾十個大男人排排站，感覺不但陰沉，還一點也不有趣，很無聊。

小島的爸爸是知名棒球選手，其他班級的男生吵吵鬧鬧地跑來偷看，嘴裡發出無意義的「哇喔」。穿上背號十七號的巨人隊球衣時或許很帥，換上深藍色西裝刻意低調時就只是個普通大叔，一點都不有趣也不好笑。

即使如此，畢竟是個名人，我也從剛才就像迷妹一樣偷看他。

媽媽連一次都沒對我提過爸爸的事。還在上幼稚園時我就知道，絕對不要問媽媽有關爸爸的事比較好。

因為我打死不問，或許是跟我賭氣吧，媽媽也絕口不提。

我們都不覺得生活沒有爸爸有什麼不便，少了這個人一點也不困擾。

媽媽很會打扮，也一天到晚買衣服給我。

媽媽會開車，不管是兜風還是旅行，我們去的次數應該比一般家庭多更多。有時去海邊，有時去游泳池，去滑雪的時候，媽媽會找公司的朋友一起去，都是些年輕男性，他們會教我各種事。

看到爸爸媽媽和小孩一家和樂的家庭時，我從來都沒有羨慕過，反而覺得那樣有點遜。

一年級上工藝課時，老師要大家畫爸爸的臉，我嚇了一跳。

當時媽媽喜歡哈里遜福特，我就畫了應該是哈里遜福特的男人，頭髮畫成咖啡色。儘管我畫了哈里遜福特，一年級時其他人畫的爸爸都有黑點狀的鬍鬚，所有人都用肉色蠟筆畫臉，再用黑色蠟筆畫眼睛鼻子，每個人的爸爸都不像真正的爸爸。

把那幅畫帶回家時，媽媽問：「這什麼？」我說：「哈里遜福特。」她就盯著我看，再盯著那幅應該是哈里遜福特的畫，似乎明白了一切，那時她說：「他當情人不錯，當父親就難說了，我覺得達斯汀霍夫曼比較好。」

這就是開端。

接著是作文。以「我的家人」為題的作文，我只寫媽媽的事。

老師很貼心，沒有故意寫下「怎麼沒有爸爸」之類的評語。

所以，老師好像也下定決心打死不問我關於爸爸的事。同學們就比較笨，像阿道就曾問我「妳爸是死了還是還活著？」

我不說話，狠狠瞪了阿道一眼。阿道趕緊別開視線，但我仍舊狠狠瞪了他一分半。於是他忽然轉移話題，嘻皮笑臉地說：「妳有幾片紅白機卡匣？」我一說：「車禍。」阿道就眼神閃爍，不再多問什麼，只是非常溫柔地對我說：「今天要不要來我家打電動？」

「其實是在山中遇難。」我又這麼說。阿道嚅嚅囁囁地說：「很酷嘛。」

「跟你說實話好了……」我這麼說，再次惡狠狠地瞪著他。阿道丟下一句「我要去尿尿！」就咔啦咔啦推開椅子逃跑了。

從此阿道成了我的小弟。

兩年前父親教學觀摩日的前一天，媽媽一邊看學校發的通知單一邊說：

「那些老師都是笨蛋，為什麼每個人腦子裡只會想一樣的事啊，既無聊又不好玩。誒、小惠，這次換妳給他們一頓好看啦。」

那時的我還有點孩子氣，喜歡蛋糕、甜點，心想如果我們家是甜點店該有多好，於是回答：「那就說是甜點師傅吧。」

「哎呀，那樣還得先把牙齒弄爛才行吔。妳連一顆蛀牙都沒有，這可是偉大的媽媽我用心養育的成果。」媽媽一臉無趣的樣子說。

「要不然，就說他發明了不會蛀牙的甜點好了，吃再多也不會蛀牙的甜點。」

「是喔。」媽媽看著遠處說。

媽媽只要一望向遠處，我就會心頭一驚，從很小的時候就這樣了。

所以我養成只要媽媽一望向遠處就急著想把她拉回來的習慣。我從身後抱住媽媽撒嬌：「誒、誒，做甜甜圈給我吃。」

「好啦好啦。」

我上完鋼琴課回家時，媽媽都會做戚風蛋糕給我吃，不是甜甜圈。蛋糕底下總是墊著漂亮的蕾絲紙，搭配裝在頂級皇家哥本哈根瓷器裡的紅茶。

媽媽個性不服輸，動不動就拚命努力。她只要努力起來，多半會做出讓我忍不住想比勝利手勢的事。

她動不動就說「才不要輸路上那些媽媽咧。」

這種時候的她一點也不臭屁。

戚風蛋糕往往兩個人吃不完。

隔天的作文，我寫的爸爸是玩具店老闆。不過父親教學觀摩日，老師並未點我站起來朗讀作文。

那時我就知道，今後絕對不會有任何一個老師點我起來朗讀了。

我認為自己被刻意忽略。從此之後，每個老師都刻意忽略我爸爸的事。被朋友刻意忽略會很火大，但連老師都刻意忽略爸爸的事時，我卻有種贏了的感覺，我認為老師只是沒有勇氣罷了。

我想，就算媽媽來參加父親教學觀摩日，老師大概也會故意忽視媽媽。這讓媽媽內心很不是滋味，才會故意打扮得非常時髦。我認為媽媽很有勇氣。

不過，關於爸爸的事，最刻意忽略的人其實是媽媽。

我愈來愈聰明，不再去想甜點師傅或玩具店老闆那種幼稚的事了。

三年級時寫的是報社記者。

四年級時寫的是外交官。

五年級開始覺得正經職業不好玩，就把他寫成歌舞伎舞台上一身黑衣默默走動的人。正好在那之前不久，我第一次和媽媽及阿姨去看了歌舞伎。我問阿姨「那個

黑色的人是幹嘛的？」阿姨告訴我「那叫黑子。」

我看不懂歌舞伎，整場盯著黑色的人看。看不到他的臉，就只是一直盯著他。有時回過神來那人就不見了，好像變魔術一樣，真不可思議。

回家後我對媽媽說：「下次我要寫黑子。」媽媽就說：「妳還真會選，選了這麼難的東西，我也得好好調查才行了。」說著，隔天她就買回一本小書。

那本書叫《秀十郎夜話》。媽媽從那天開始讀，煮義大利麵時一手攪拌鍋子，一手拿著書看。不時發出讚嘆：「嗯嗯、嗯嗯，這可真深奧。哎呀，實在有意思，這方向搞不好很不錯。」就連吃飯時間也一邊讀一邊吃義大利麵。

「首先，妳得把他寫成上了年紀的老頭。還有，最好是專門扮演馬腳的黑子，馬腳可是最難演的喔。還有，記得嗎？公主穿的白色和服一瞬間就變成紅色那個段子，為這一幕發明了新技術的就是他。還有，他不太常回家，酒精中毒，脾氣不好又很陰沉。」

媽媽拿著書劈哩啪啦地說。

「為什麼不回家？」

「要是他每天回來，妳要寫的內容就太多了，那不是很麻煩嗎？只要寫他脾氣不好又陰沉，就不必想對話了。不過啊，照這本書的說法，他在外面有女人。沒關係，反正妳只是個小孩子，不用知道這種事。」

「為什麼要說他陰沉？」

「照這本書的說法，是因為被其他演員霸凌。」

「有錢嗎？」

「一點也不。」

「那，是因為他不拿錢回家才離婚的嗎？」

「這樣就得寫成他還在哪裡活著，很麻煩吔。」

「說得也是，目前寫過的也全都讓他們死掉了。」

「就說是在演馬腳時死在舞台上好了？」

「後腳還是前腳？」

「前腳啊。然後騎在馬上的將軍大人還因此整個跌在舞台上，這樣比較有趣。等一下喔，誒，妳覺得前滾翻和向後仰哪個比較好？」

「向後仰比較好。」

「也對。將軍大人像青蛙一樣往後翻了一圈。不過啊，因為歌舞伎演員都是些過分的傢伙，將軍大人出了醜很火大，連葬禮都不來。這就是那個人的復仇。」

這是第一次，從媽媽嘴裡說出「那個人」三個字。

校園白白的，空空的。

明明有不少父子檔走在其中，看起來還是空空的。我想應該是因為校園也在過星期天。

暑氣蒸騰。這種熱法完全就是夏季裡的星期天校園特有的熱法，和其他地方的熱都不一樣。所以我和媽媽走在校園裡時，我刻意不去看校園。

比起馬路上，走進校園後的媽媽更醒目，愈來愈醒目。

媽媽只要賣力起來，就會愈來愈誇張。

媽媽一走近穿陰溝老鼠色西裝的男人們身邊，他們就會嚇得退開，媽媽身邊逐漸形成一個圓形的空間。

我在教室門口和媽媽揮手道別。老師進來了，看起來很緊張，動作比平常僵硬，講話聲音也死板板的。

還有，她說的話聽起來很假。平常老師說話已經夠假了，教學觀摩日更是超級假。到了父親教學觀摩日則是超超超級假，簡直就像在模仿電視劇裡的老師。

教室裡的成年女性只有老師和媽媽兩人。兩人明明同年，感覺卻是完全不同的女人。

我回頭看，陰溝老鼠色的父親們宛如搭上客滿電車一樣擠在一起，只有媽媽身邊空了一塊。

老師走向每個人的位子，將昨天要我們寫的作文放在桌上。坐我隔壁的繪美寫了三張稿紙。

老師走到我身邊。

在我桌上默默放了一張稿紙。

稿紙上只有名字，其他一片空白。

我連一次也沒寫過作文。

老師從來沒說什麼。

媽媽早就知道我交出去的稿紙總是一片空白。

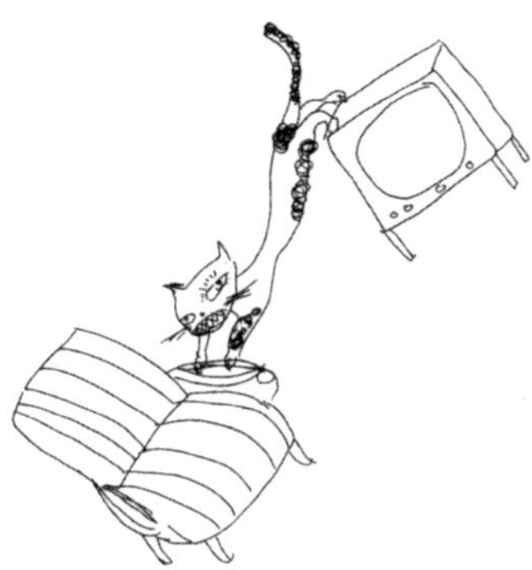

那個夏天，我不想活。雖然也不是想死，就是覺得活著好麻煩，原因不清楚。雖然那個夏天比往年熱，但我房間有新冷氣，身體也沒什麼毛病，沒有被誰甩掉，也不是沒有錢。要是有任何一個這種理由，我想我一定能活下去。想變得更健康，想被誰所愛，想賺更多錢，每一個都是很平凡但足以讓人積極向前的理由。可是，若問那年夏天我對一切感到心滿意足嗎？答案好像又不是很肯定。看在別人眼中，我的生活過得應該夠好了，自己想想也確實如此。只是，同時我也思考著自己到底有什麼不滿足。和朋友見面時，經常被說「你看起來好像沒什麼精神。」我一回答「有嗎？」大家就又異口同聲說「大概是中暑了吧。」這類對話使我厭煩，一點也不想繼續深入探討，不想跟朋友聊自己的心理狀態。

不想活的心情確實讓我不愉快，但也同時讓我保持穩定；不想活的想法讓我能和世界保持一定距離，或許也因此使我平靜。不管做什麼都無法熱衷，但正因為無法熱衷，所以看得清自己在做什麼。一邊覺得無聊一邊做著什麼時，會產生一種不知對誰產生的優越感，那陣子我經常認為自己很傲慢。然而，就算不確定不想活的原因是什麼，也不能就認為是什麼原因都沒有。明明不想活，可我也不想把活著當成理所當然的事。生而為人就理所當然地想活下去的這種想法困住了我。

閱讀的書籍數量減少了，但也還是習慣性地閱讀。讀了好幾本關於憂鬱症或情緒的書，是因為終究還是想脫離不想活的狀態吧？書裡寫了各種觀點，每個看起來都像真理，也很像胡扯。腦中分泌的微小物質能對心理狀態造成巨大影響的說法聽來很有說服力，但是就算這樣我也不想吃藥。用藥改變自己的感覺就像變成機器，我不喜歡那樣。如果不想活下去是一種病，我也想靠自己的力量治好，更何況這到底是不是一種病都很難說。我只是重複過著平凡無奇的日常：早上把吐司放進烤麵包機，煮咖啡，看報，接著打電話聯絡工作。我一方面認為是這些事讓我活著，一方面又會從這些事裡感到難以忍受的苦痛，總覺得只要不重複這些日常，就能重獲新生。話雖如此，即使脫離每天的生活去什麼地方旅行，說到底也只是在另一個地方重複一樣的日常，這麼一想，就提不起勁去執行了。

音樂倒是經常聽，莫札特、韓德爾、巴哈，有時戴耳機聽著聽著就睡著了。入睡時只是一瞬間，卻能產生幸福的心情。不過，睡得滿身大汗醒來時的心情就差透了。即使聽了喜歡的音樂而心動，也持續不了多久。就算能活在這些片段的時間下，還是得回到同一個地方，我無法逃離這個念頭。時間像是一點也沒有前進，話雖如此，我也不是緬懷過去。就算想起過去的事，過去就像是一幅獨立的畫，如此而已。我想，那個夏天我是痛苦的，但我沒有發現自己正在痛苦。心情莫名平靜，也沒有想自殺之類的戲劇性念頭，大概連積極推翻活著這件事的精力都沒有吧，我甚至連討厭自己這樣的想法都沒有。

在這樣的狀態下，某天我死了。那是一場措手不及的意外，說來真的很滑稽，就是天上掉下一個人，後來我才知道，那是個三十二歲的泰國女人，她和我不一樣，還有力氣自殺。要在建設中的大樓爬階梯上七樓需要相當程度的精力，聽說那時的她滿腦子只有這件事，已經管不了那麼多了。而我，剛好從那下面經過。女人撞上我，我的脖子因此折斷，這件事我一點記憶都沒有，眼前瞬間閃過一道光，之後一切便陷入黑暗，連感受什麼或想起什麼的時間都沒有。回過神時，我已經不再活著了。至於為何知道自己已經不再活著，是因為回過神時所在的地方已經不是這裡。沒有吐司沒有咖啡也沒有報紙，沒有任何有形的東西，有的只是又像光又像顏色的什麼。不過，我還記得自己是誰。應該說，就算死了我依然只是我。

這件事讓我有點失望。不過我也馬上發現了一件事，那就是我已經不會再不想活了。因為我已經死了，仔細想想也是理所當然的，但這確實讓我心情變好。我完全不知道自己該做什麼才好，也不知道自己想做什麼，只是感覺得到一個女人愣愣站在身旁，所以姑且說了聲「嗨」。說是這麼說，不過身體已經不知道去哪了，所以也發不出聲音。只是我可以想事情，想法好像也能傳達給對方。因為我也清楚感受到女人劈頭就傳遞給我「對不起、對不起」的心情。起初我不明白她為什麼道歉，不過馬上就想起是她害死我的。我不知道該如何回答才好，畢竟我雖然沒想過尋死，但也一直都不想活。

她不由分說地講起一堆藉口。我猜那應該是泰國話，不過並未造成理解上的障礙，死了還真方便。活著的時候，我從事翻譯工作，人類竟然有三千種不同語言，

這令我感到厭煩。我對她個人的事沒什麼興趣，但也知道她的種種痛苦經歷是我這種人遠遠比不上的，我因此莫名感到愧疚。和我不一樣，她熱切地想活下去，想活下去的心願卻無論如何也無法實現，就這樣從建設中的大樓七樓一躍而下。換句話說，她是為了求生而死。她不斷地說：「其實我一點也不想死，我想活下去。」相較之下，把我捲入這場意外、害死我，對她來說只是微不足道的小事。也不能怪她，知道自己不孤單，知道還有我在時，她似乎很高興。對於她這樣自私的想法，我一點都不生氣。

她早早就開始對死亡感到懊悔，我卻絲毫沒有這種心情，或許可以說我反倒鬆了一口氣。她想起被留下的母親時，顯得很悲傷，我則是對死了之後悲傷這種情緒也不會消失這件事感到驚訝。想起之前交往的男人（我是同性戀），我不怎麼覺得他可憐。雖然不知道他對我生前不太想活的心情掌握到什麼地步，我突然遭逢意外死亡的事實對他而言或許能帶來撫慰吧，我是這麼認為的。我和他都經常在談話中用到「宿命」這兩個字，他應該能夠接受我的死是種宿命吧。我自私的程度可能不輸那個一起死掉的泰國女人，可是，人死之後的人際關係或許只能用這種方式存在。無論死掉的人為活著的人想得再多，對方都已經接收不到了。

泰國女人似乎很掛心七年前死掉的五歲兒子，活著時一直認為死了就能相見，沒想到死了之後才發現根本不知道從何找起。畢竟我們周遭沒有有形之物，四周只充滿說不上是什麼顏色的光，眼睛耳朵鼻子和手（如果還有這種東西的話）也完全派不上用場。死後我們剩下的只有心情，或許應該這麼想比較好。只不過，這時的心情和活著時也不同。該怎麼說呢？少了一點急迫性？總覺得一切都趨於平坦。我並不排斥，反而因此感到平靜，感覺不錯。活著的時候因為知道死亡就等在前方，不免活得匆忙倉促，死了之後前方就什麼都沒有了，得知這點後，心情變得從容不迫。換句話說，過去與未來都在不知不覺中消失，有的只是現在。活著的人或許覺得這樣枯燥乏味，其實倒也不會，當你只擁有當下時，就可以不必對任何事情抱持期待，沒有希望就不會有失望；沒有狂熱就不會有枯燥。

泰國女人一時之間雖然受限於活著時的想法，不久也就適應了死亡，不再把兒子的事放在心上了。她似乎慢慢無法區別自己和兒子的不同，這點我也一樣，總覺得自己的存在好像逐漸融入周圍的光中。不久前還在啃吐司、喝咖啡的我彷彿是個謊言，就連曾經不想活的事，現在想起來都有點可笑。怎麼會想那種事呢？試著思考自己對什麼感到不滿足，但就連那也無可無不可了。同時湧現的是一股好奇心，想知道若以死去之身再次回到活著的人身邊會有什麼感覺。她好像也產生了相同的心情，不知是否想回去看看母親，回過神時身旁已經感覺不到她的氣息了。我恍惚地想：「啊！看在活著的人眼中，那就是鬼魂了吧。」

這就是為什麼我現在在這裡，但正如剛才所說，死後的這裡和活著時的這裡是完全不同的地方。活著時所謂的關係，是與人之間的關係，與物之間的關係，或是與時代及世界之間的關係，來到這裡之後，那些關係全都消失了。話雖如此，我和其他死者也並非就此成為孤獨的存在。佛教有相即相入的說法，忘了是什麼時候了，曾經為了將它翻譯為英文，費了好一番工夫。簡單來說就是一切都和自己成為一體的感覺。對活著的人解釋這個，你們一定覺得無聊吧。來到這裡之後我也有所發現，就是關於那種不想活的心情，或許只不過是單純的一句話而已。

和機械一樣，人的身體也會隨歲月的流逝而疲乏，身體疲乏了心就疲乏。明明只要說是累了就好，不知為何卻要說是不想活。這麼一來，心情就會被言語綁架。所以，說不定我只是受語言描述的心情所苦，實際上的心情沒那麼苦惱。只因為不想把自己類比為機械，就裝模作樣地把單純的疲乏說成不想活，說不定只是這樣而已。然而那個夏天，我若是充分休息的話，是否就能驅散疲累了呢？我又不這麼認為。說起來，我就是對一切關係感到疲倦了，而這不是休息一下就會好的。令人疲倦的關係也不會在獨處時就消失，活著的時候人不管怎麼掙扎都無法從關係中逃脫，那是無從修復的。

我雖然不太常想起活著時的事，還是會不時忽然想起那個夏天的海的顏色。和喜歡的人一起去的那片海，遠遠地看著那片海時的心曠神怡。海風淡淡的氣味也很舒服，那時的我沒有不想活的念頭，只有那個瞬間活在這裡這件事就感到心滿意足，現在的我可以一直擁有當時的心情。或許有人會說我之前不是不想活嗎，那現在會不想死吧？但是，這裡打從一開始就沒有這種選項，我連想都沒想過。這裡既沒有復活的危險，已死的人大概也不會再死一次，所以我放心地待在這裡……

好像有人來了，但我實在太熱，連看也沒去看一眼，穿著短褲站在冷氣前掀起衣服搧風。

這麼熱的天就算外出，外面也不會有人，安靜得可笑。一安靜就覺得更熱。腳踏車經過時明明有聲音，還是安安靜靜地經過。家裡明明有客人，感覺還是安安靜靜。不時傳來媽媽在廚房弄什麼的聲音，還有杯子的聲音，之後又恢復一片安靜。沒怎麼聽見說話聲。客人應該不是女的，女人總是七嘴八舌。儘管空氣嗡嗡流動，也不怎麼有鬧哄哄的感覺。我有時豎起耳朵聽，有時繼續掀衣服搧風。

啊，客人回去了。聽到媽媽在玄關送客的聲音。

「你也要保重。」媽媽說。

「就算妳這麼說，我也不知道該怎麼辦。」是一個年輕男人的聲音。

去喝個麥茶好了。

「我會再跟你聯絡。」

「好，那就這樣，不好意思。」

「說什麼不好意思呢。」

「不好意思。」

玄關大門關上的聲音。

「誒，那誰啊？」

我走進客廳，媽媽正扭開流理台的水龍頭。

桌上有個白色盒子。

「這什麼？」

「嗯，遺骨。」

「誰的？」這麼說的時候，我已經知道了。

「媽。」

我一陣不舒服，走到流理台邊。媽媽只是把手放在水龍頭底下發呆。

「誒，那個要怎麼辦？」

媽媽轉過頭，用毛巾擦手。我關上水龍頭。

媽媽重重坐在桌旁的椅子上。我不知道自己該坐哪裡才好。平常都坐在她對面，可是現在要是坐在對面的話，中間就是裝遺骨的盒子，總覺得這樣很怪。

我決定坐在媽媽旁邊。

「誰拿來的？」

「嗯……」媽媽說。

「誒，要放在這裡放到什麼時候？一直一直放這裡嗎？」

「嗯……」

「誒，難道要在我們家辦喪事嗎？」

「嗯……」

「誒，這誰拿來的？」

「嗯……妳知道什麼是同性戀嗎？」

「啊？」

我望向裝了遺骨的盒子，然後看看媽媽。媽媽一直盯著盒子看。

我倒沒想過會是同性戀。

「知道是知道，但不太知道。」

「就是這麼回事。」

「誒，剛才來的人……」

「就是這麼回事。」

「為什麼遺骨要拿來我們家？」

「因為沒離婚啊。這也是當然的嘛，同性戀不能結婚，不用離也沒關係。話雖如此，那人還真講禮數。嗯……」

「帥嗎？」

「很帥。」

「應該讓我看看的。」

說不定醜得要死。其實我想問的是那個被稱為我爸爸的人帥不帥，媽媽的回答或許是指爸爸。

「是個很好的人喔。」

這也不知道是在講誰。

「好像很可憐。」

到底在講誰。

「好像是透明的，看得到另一邊似的。彷彿跟吃東西、大便這種事八竿子打不著關係，就是這樣的人。」

「是生病嗎？媽之前就知道嗎？」

「我沒問，對方也沒說。」

「那，這個到底要怎麼辦？」

「打開看看吧。」

「咦！」

「哎呀，骨頭是很乾淨的啊。再說松田先生……哦，就剛才的那個人說，希望能分骨給他。」

「乾脆全部給他啊。」

「嗯……」

媽媽看著裝遺骨的盒子思考。

「誒，不覺得我們家有佛壇好像也不錯嗎？」
媽媽一定是想要佛壇。
「咦？那好像祭典時的神轎喔。」
「誒，不覺得每天早上對著牌位拜拜很潮嗎？」
媽媽真的想那麼做嗎？
「拿張宣紙來，還要一雙新的免洗筷。」
媽媽開始解開盒子上的白色緞帶。
我在桌上攤開宣紙。免洗筷只有「菖蒲壽司」的。
白布底下是個白色木盒，拿起盒蓋，裡面是白色的圓甕。媽媽打開甕蓋，最上面的是半圓形的骨頭，旁邊還有其他各種骨頭。
媽媽一拿起那個，就落下白色碎片。媽媽把白色碎片拿起來咬，喀喀作響。
「妳也試試看？」

咦？可是我不想被認為沒膽，就跟媽媽說「給我小一點的」。媽媽從半圓形骨頭角落折下一小塊。大概跟小指的指甲差不多大。我用門牙咬，還滿硬的，完全沒味道，舌頭感覺刺刺的。

「這是頭骨喔，聽說是從腳到頭按照順序放進甕裡的。」

媽媽把那個放在宣紙上。

我不確定能不能把刺刺的東西吐出來，就吞下去了。

「分骨是要怎麼分才好呢？嗯……」

媽媽盯著骨頭看。

「拿研磨缽來，磨杵也要。」

我們兩人把骨頭全磨成了粉。

不時用食指沾粉起來舔。

花了滿長一段時間。

這個研磨鉢和磨杵，以後還會再用嗎？

「我跟妳說，我死了之後，別把我的骨灰撒到海裡，要好好放進墳墓喔。」

「這個要撒到海裡嗎？」

「松田先生說被這樣託付了。要是一半撒到海裡，我會覺得無法安息，但他就是這樣的人。」

是這樣的人啊。

「剩下的一半一定要好好下葬。」

「誒，妳是故意的吧。」

媽媽看了我一眼。

「對，故意的。」

Ⅲ 小敏之墓

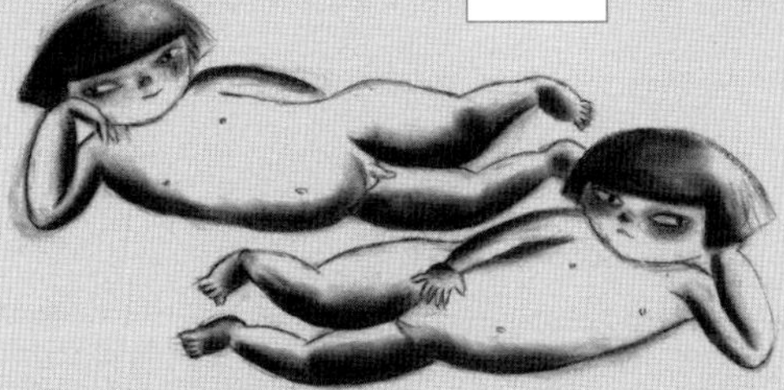

小敏之墓

電話鈴響。是個年輕男人的聲音，流暢到可笑的地步，完全按照教戰手冊的說詞說話。我腦中浮現一個皮膚白皙，個頭不高，身材不好的男子，穿著深藍色西裝。說是什麼紀念園的人，我一時還沒意識到指的是墓園。推銷墓地嗎？對還這麼年輕的我？

誰會死？三十一歲的丈夫、三歲的女兒和二十七歲的我，誰會死掉嗎？

「我們家在鄉下有墓地。」我不客氣地說完，打算掛掉電話。

「那個……恕我失禮，您的先生是次子吧。」我一時說不出話來。那又怎樣？反正我們家還沒有人預計會死。再說，你怎麼知道隆夫是次子？

而且還用那種黏膩的聲音說。我用力掛下聽筒。

不悅如氣泡湧上胸口。

女兒敏子把繪本倒著拿在手上看。「不行，香蕉是　要給　大象吃的。」

敏子有著異常的專注力。

一旦注意力集中在某件事上，要讓她分神注意別的事可不簡單。比方說，她現在明明很想尿尿，屁股不斷前後挪動。

「小敏，尿尿，快去尿尿。」

「不去尿尿。」

敏子的屁股已經在地上磨蹭兩小時了。

「誒，小敏，去廁所看一下嘛，今天的衛生紙上有長頸鹿喔。」

「沒有長頸鹿。」

「去看看嘛。」

「不看長頸鹿。」

要是強迫她站起來，她馬上就會哭得像失火似的沒完沒了，鬧上一小時也不停。

我坐在桌邊的椅子上，不耐煩地看著屁股不斷在地上前移後挪的敏子。

丈夫是次子這種事是從哪推斷出來的？有種連月薪多少和內褲圖案都被看穿的感覺，我們是不是跟生活在玻璃箱裡沒兩樣？

好想吐。

打了電話給麻由美——其實打給誰都行。

「誒，你們家有沒有接過推銷墓地的電話？」

「那是什麼？」

「今天有個什麼紀念園的打電話來推銷。」

「是喔，推銷公寓或別墅的電話倒是接過，墓地就沒有了，是喔。」

「而且對方還知道隆夫是次子這種事，感覺很不舒服。」

「確實令人不舒服。我老公同事遇過推銷公寓的人，連他家格局都知道，還跟他說『府上五個人住這樣太狹窄了』。」

「好討厭喔。」

「可是啊，聽說那種推銷員，有的會帶你搭巴士去別墅勝地玩一整天，還發便當，忘了是哪裡的阿婆了，專門這樣到處玩。」

「好討厭喔。」

啊——早知道就不要打這通電話。

我慢吞吞地站起來，放著還在地上磨蹭屁股的倔強女兒不管，進房間去打掃。

拿起丟在床上的西裝外套，手伸進口袋，掏出揉成一團的手帕；再把手伸進長褲口袋，掏出揉成一團的衛生紙。和衛生紙一起掏出來的還有電影票根，兩張連號。

日期是上星期六，他說去仙台出差的那天。星期天晚上才回來。

一個灰色大信封和晚報一起放在信箱裡。

一本廣告冊子裝在信封中，封面是看似一家人的照片，站在藍色天空前的年輕夫妻與他們的父母及小孩微笑著。

陽光之丘紀念園。

照片裡看不到任何一座墳墓。

藍天上以反白字體寫著「永恆的安詳」。

我把冊子裝回信封裡直接丟掉。

銷售手法還真高明，寄送之後馬上打電話。

隆夫心情很不錯。

「哦！這位太太今天皮膚好清透啊。我也想好好休息到皮膚可以這樣呈現透明感的狀態啊。可是公司大概想要我的命吧，這星期也不讓我休息，這次要去熊本出差，真討厭。誒，我會不會死掉啊？」
哦？不每星期見面會死是吧。
「早點睡好了，多睡一分鐘是一分鐘。」
洗完澡出來，連電視播報的體育新聞也不看就鑽進房間。
哦？用這種方式裝睡，好逃避跟我上床是吧。
一邊哄敏子睡覺一邊想，他上次跟我上床是什麼時候？想不起來了。
嗯，我也太不當一回事了。
「狸貓在泥船上喊，救救我、救救我——泥船咕嘟咕嘟沉下去。」
「狸貓溺水了嗎？」
「對，溺水了。」
「狸貓不溺水、不溺水、不要溺水啦。」
敏子抓住我的頭髮拉扯，哭了起來。

「好好好——狸貓不溺水。」
「狸貓跟兔子是好朋友嗎？」
「對啊，狸貓和兔子相親相愛去遠足了。」
怎麼可能，狸貓溺水了啦。

我從垃圾桶裡撿回灰色信封，站在電話機旁。

星期六早上，隆夫在玄關喊著「糟糕糟糕」，跑回客廳拿出差用的手提包。
「腦子都磨平了，我看我很快就要癡呆了。」
哦？還得帶著根本用不到的提包出門，真是辛苦你了呢。
哦？就這麼迫不及待是吧。
我看磨平的應該不是你的腦子。

哦？哦？哦。

我打電話到陽光之丘紀念園。

和推銷員約好要去參觀。

確認了家裡定存的金額。

敏子在車上很快就睡著了。她是連睡著時也會發揮專注力好好熟睡的小孩。

我沒問推銷員那些個資從哪獲得的，就盡量搜集吧，說不定他連今天隆夫住哪間飯店都知道。

推銷員用那黏膩的聲音說著話。果然如我想像，是個皮膚白皙，個頭不高而微胖，不太流汗的男人，有著紅灩灩的豐滿嘴唇。

這一區現在買正是時候，不然下一區的價格又更高了。

地點靠海，日照也很好。

「死了還要講究日照嗎？」

「心情會很好的。」

「誰？」

「我啊，心情會很好。賣掉一塊好墓地時心情總是非常好。」

「賣墳墓這種工作，你不討厭嗎？」

「咦？為什麼要討厭？成交的客人跟成交前完全不同喔，會露出非常安心的表情。」

「年輕人也會？」

「很少有年輕人來買墓地。」

「我不就是年輕人。」

「老實說，是名冊出了差錯，另外有位和您府上同名同姓的顧客。不好意思，我萬萬沒想到被搞錯的您會對商品感興趣呢！」

那家人的隆夫也是次子嗎？連電話號碼一起搞錯了嗎？到底是怎麼個搞錯法。

「不過，雖然有無法誕生到這世上的情形，卻沒有人不會死，所以請您放心。」

「你對工作還真有熱情。」

「我從小就喜歡墳墓。」

「真是個詭異的小孩，是因為你的人生很不幸嗎？」

「為什麼這麼說？我的人生很普通啊。」

男人一邊開車，一邊頻頻回頭看熟睡的敏子。

「好可愛喔。」每看一次，就會用黏膩的聲音這麼說。

「我啊，只要一看到小孩子，就好想送他們進好墳墓。」

墓地配這樣的視野簡直暴殄天物。平緩的山坡綠意盎然，打理得像座高爾夫球場，前方就是大海。

寫有數字的白色小木牌像整齊排列的軍隊。

到處都能看見簇新的墳墓。有豎立的墓碑，有像美國墓園那種埋在地面上的平面墓碑，還有十字架形的墓碑。

原來如此，在讓人想拿來蓋房子的土地上建設墓園，也難怪價格昂貴。

「最便宜的是哪一區。」

「在這座山崖下方，陡峭的斜坡上。因為會吹到風，要是我就不買那區。」

「決定要不要買的人是我。」

「可是啊……」

敏子咯咯笑著，在平面墓碑上蹦蹦跳。

「不行喔，那下面有人在睡覺覺。」

「沒有人睡覺覺。」

「那裡是墳墓，跟跑進別人家是一樣的意思，不可以這樣。」

「小敏。」男人親暱地喊了我女兒。

「小敏的墳墓會是更好更好的墳墓喔。」

「喂，你幹嘛說那種莫名其妙的話，很不吉利吔。」

男人抱起敏子。

敏子毫不介意地伸手圈住男人的脖子。

「小敏的墳墓、小敏的墳墓。」

「敏子，這裡沒有妳的墳墓，也沒有媽媽的墳墓，只有壞人才會進墳墓。你不要亂抱我女兒好不好。」

男人準備了日本料理店的便當。

草地上有個新建好的涼亭，也有飲水台。我讓敏子洗了手，在涼亭吃午餐。

敏子抓著煎蛋捲，在草地上跑來跑去。
我沒什麼食慾。男人邊吃便當，眼睛邊追著敏子跑。
我望向大海發呆。
「太太，您最好不要說只有壞人才會進墳墓那種話，因為每個人都需要墳墓。
啊！要不要喝咖啡？」
男人從汽車後車廂拿出保冷箱，再從裡面拿出罐裝咖啡。保冷箱裡也有啤酒和果汁。
「天氣這麼熱，我要啤酒。你總是跟客人說今天那些話嗎？」
「哪些話？」
「從小就喜歡墳墓之類的，那是公司教你們的行銷話術吧？我醜話說在前頭，你不適合做這行。」
「為什麼呢？」

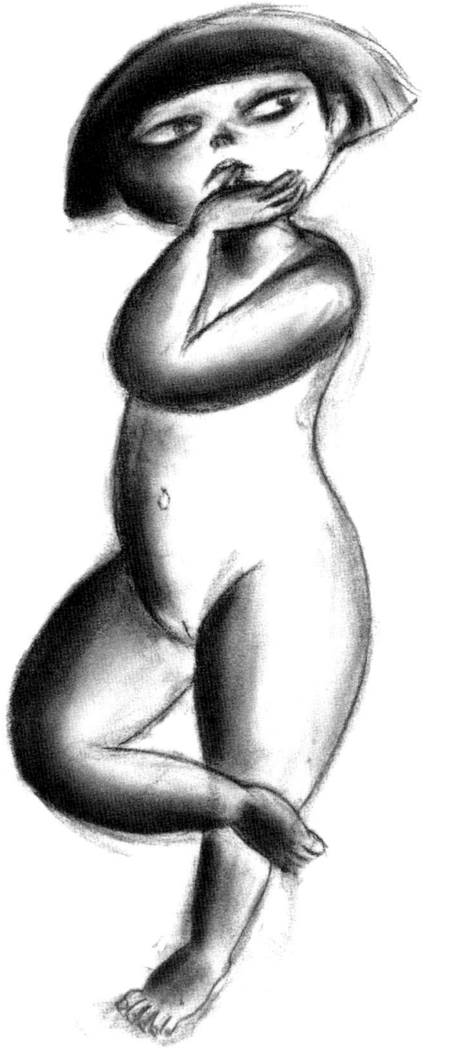

「你做這行很久了？」

「第三年，我業績還不錯喔。所有賣掉的墓地我都記得，買下墓地的人下葬時，我真心感到高興。我很喜歡站在墳墓前感慨說話的場景，因為可以回溯那個人的一生。活著是一件很辛苦的事對吧？只有想著自己總有一天也會死才活得下去，您不這麼認為嗎？葬在這裡之後，就可以得到清靜了，真好。所以還是挑個有日照、有景觀的地方才好，畢竟死後的日子更長啊。再說，不管是誰都不會一直憎恨死掉的人，來掃墓的人全都愛著死者，活著時人與人之間可沒辦法這樣，所以我真的很喜歡這份工作。小敏真的很可愛呢。」

星期天上午十點左右，隆夫喜孜孜地回到家。

「飛機裡有夠熱，害我滿身大汗，先去洗個澡。」

一回來就拉下領帶。

哦？從我身邊經過時，我明明聞到剛洗好澡的肥皂味。

而且還是三宅一生的肥皂味呢。

哦？一天洗兩次澡不累嗎你？

一塊要價兩千圓，會用這種肥皂的是什麼樣的女人呢？

原來你們不是去住飯店啊。

喔。

「只有壞人才會進墳墓。」敏子在地上堆積木，玩陽光之丘紀念園家家酒。

隆夫打開報紙，咬著吐司。

「墳墓！」敏子又這麼大聲喊。

「這傢伙怎麼了？在說什麼啊。」

「小孩就是會這樣學習各種新事物啊。」我在吐司上塗滿奶油。

望向隆夫身後放文件的櫃子。

裡面收著要價一百五十萬圓的墓地收據與權狀，還有遺書。我絕對不要和隆夫葬在一起，那是我自己的墳墓。

在看得見大海，陽光燦爛的地方。

真的是這樣沒錯，就算今後再活五十年，也比不上那地方還要待上更久嘛。

小敏之墓

路旁種有成排茂密的櫻花樹，道路兩側停滿汽車。明明停著不動，每輛車尾部都默默噴出淡淡的廢氣。多半是計程車，但也有車身印著公司名稱的麵包配送車或宅配貨車。頭頂陽光燦燦，就算停在樹蔭下乘涼也沒有太大效果。男人熟練地倒車，將白色COROLLA塞進兩輛計程車中間。引擎當然沒有熄火，但他還是一度走下車，打開後車廂。回到車上時，手裡拿著罐裝烏龍茶。罐子在冒汗。放在保冷箱裡的罐子不可能會熱到流汗，這應該叫水珠吧。喝了一大口茶，從後座的手提箱裡拿出小型文字處理機，放在腿上打開。開機後，浮現顏色酷似汽車廢氣的液晶畫面。男人毫不遲疑地開始打字。

給小敏：哎呀好睏好睏，外公睏得受不了，為了消除睏意，決定來做個夢。不過，這不是睡著之後做的夢，而是清醒時做的夢，所以得自己想想要做什麼夢才行。可是外公睏得受不了，連思考都嫌麻煩，小敏能不能幫外公想呢？外公手書。

給外公：我討厭外公。小敏叩上。

給小敏：外公牽著妳的手走進一間好大好大的購物中心，裡面冷氣開得很強，強到會冷的地步。妳是小孩或許不怕冷，外公已經八十三歲了，皮膚薄得像糯米紙，這樣會感冒。老人一感冒就容易得肺炎，得了肺炎很快就會死掉。我不怕死，怕的是死了就不能做夢。所以外公先去GAP買了愛爾蘭風的白毛衣和厚羊毛長褲

（顏色是長頸鹿的薑黃色）、毛線襪和大紅色的喀什米爾羊絨圍巾，在店裡換上。然後小敏就說「我討厭外公」。因此我想，得給妳買點什麼，好討妳歡心。

妳想要什麼？等妳的答案。外公手書。

給外公：我果然還是討厭外公。小敏叩上。

給小敏：外公其實知道妳喜歡什麼。雖然知道是什麼，但不知道那東西的名稱。就是那個黃色細細軟軟的東西對吧？那是拿來吃的嗎？還是拿來玩的？總之我為了找那東西，在好大好大的購物中心繞了一圈又一圈，最後還是沒找到。這時，眼前忽然出現一個高個子，是昆茨先生。昆茨先生說：

「你帶的那個可愛的女孩是誰？」

「是我的外孫女啊。」

「嗯？你哪有外孫女？你連女兒都沒有，這孩子肯定是你不知從哪裡誘拐來的。不過這種事跟我一點關係都沒有，你應該知道吧，我這陣子都在追旗魚。」

昆茨先生抓住外公的手臂，他的力氣很大，把我抓得很痛。

「這孩子不是你的外孫女，是我的外孫女。你看，耳朵和鼻子的形狀跟我一模一樣不是嗎？小姑娘，要不要跟我去吃冰淇淋啊？這裡有間賣三百六十種口味的冰淇淋店喔。」

於是，小敏妳小聲但清楚地對昆茨先生說：

「我討厭你。」

昆茨先生笑了，看起來很開心地笑了。

「好久沒這樣了呢，被人當面說討厭。大家只會在背後說討厭我，一面對面又裝作喜歡的樣子，這種事總令我非常憤怒。為了答謝妳當面、清楚地說討厭我，我想買東西送妳。小姑娘，妳想要什麼呢？」

驚人的是，妳竟然回答「薄荷冰淇淋」。於是妳點了薄荷冰淇淋，外公點了巧克力脆片冰淇淋，昆茨先生點了鳳梨雪酪來吃。薄荷冰淇淋好吃嗎？外公手書。

給外公：很難吃。小敏叩上。

給小敏：昆茨先生不是壞人。外公和昆茨先生年輕時一起做了許多有趣的事。有天晚上，我們兩人去了寵物店，把三名店員綁起來，再把店裡販售的動物全部從籠子裡放出來。鸚鵡不會飛，踩著踉蹌的腳步不知道走到哪去了；博美狗就算從籠子裡出來也只會在店裡轉圈圈吠叫；黃金獵犬的幼犬傻愣愣地在昆茨先生鞋子上撒尿；暹羅貓打了個呵欠後，把金魚吃掉了；烏龜躲在收銀機抽屜裡；大蜥蜴一溜煙就消失在下水道中；十姊妹停在店門外的電線上……真好玩。外公和昆茨先生都不是壞人。

當年的事就說到這裡，還是回頭說購物中心買東西吧。小敏說過妳口袋空空，得買點什麼裝滿妳的口袋才行。甜食對身體不好，我想到買玩具。可是小敏妳討厭玩具對吧？於是我去了文具店，買鉛筆和小本的筆記簿。小敏，妳用這個寫日記吧，哪天讓外公看妳寫下的日記。想知道小敏內心在想什麼的外公手書。

給外公：你寫什麼我完全看不懂。你沒有所謂的人生嗎？我從生下來就一直有我自己的人生，現在我已經十五歲了，不光只是有人生，還得開始思考人生才行。外公，請不要老是把我當小孩。今天我又和媽媽鬧不愉快了，我一對著Mac寫程式，媽媽就會不高興。她看我擅長數學這件事不太順眼。我如果書桌沒有整理乾淨就會坐立不安，媽媽卻是只要一看到書桌整理乾淨就不舒服，所以她會趁我去上學時故意坐在我的書桌前，用我的鉛筆和信紙寫信。我不知道她寫給誰，難道是寫給外公嗎？如果是這樣就算了。外公會回信給她嗎？敏子叩上。

男人停下手，仰起頭，但並不是在仰望天空，映入他眼裡的只有髒兮兮的車頂，男人並不介意。朝儀表板上的時鐘瞥了一眼，接著他從手提箱裡拿出行動電話。「喂喂？是我。每次都這樣不好意思，一如往常又塞車了。現在嗎？還在中央高速公路上。差不多要花兩小時吧。不過，已經順利簽約了喔。誤打誤撞竟然成功了，呵呵。」警車從一旁經過。雖然停在這裡的車都是違規停車，這麼燠熱的下午，警察也不想從開著強勁冷氣的車子裡下來吧，說不定警車也在找位子停。掛上電話，男人重回文字處理機前。

給小敏：或許外公無論到什麼時候都想把妳當成小孩，這對妳很失禮吧。話雖如此，在夢中什麼都能原諒。妳和外公還沒走出購物中心，畢竟這間購物中心實在太大了，而且也還沒買完東西。別驚訝，這裡是夏威夷，而且是夏威夷最大的一座島，夏威夷島。外公第一次來這裡是高中的時候。我母親，也就是妳的外曾祖母，她幫我買了飛機票。我母親似乎是嫌我礙事。我父親，也就是妳的外曾祖父死後，母親有了別的男人，是個不知道在做什麼的人。他高興的時候就來，來的時候總是會帶伴手禮，有時是一整條活鯛魚，有時是一整隻還沒拔毛的鴨子，有時是一整條牛尾巴，多半是食物。然後，他會在我家廚房熟練地烹煮這些東西，他說不定是日本料理或西洋料理的廚師吧，他煮的東西全都很好吃。他煮飯時，母親總是和她的女性友人煲電話粥，聽來都在電話裡炫耀她的男人。

外公在夏威夷島待了十天就回日本了，原本預計是要留學一年。那天回到家，母親和那男人正面對面坐著玩一種叫 UNO 的紙牌遊戲，看到我就問，要不要一起玩。外公我那時不知該如何回答才好。想想不是嗎？原本應該去一年，卻只過了十天就回來，就算被罵也是理所當然。他們至少該表現出驚訝的樣子，或者是露出歉疚的表情，找些藉口，或是關心我的心情也可以啊。然而，他們兩人卻若無其事。

對我來說，這件事至今還是個謎。後來，男人帶來的伴手禮愈來愈吝嗇，整條鯛魚變成切塊的魚肉，鴨肉變成雞肉，至於鱉就完全沒再帶來過了。我覺得料理也變難吃了，不過這或許跟母親開始幫忙下廚有關。

總而言之，就是因為這個淵源，所以現在我們在夏威夷島的購物中心。妳已經十五歲了，有沒有什麼想要外公買給妳的？喜歡購物的外公手書。

附註：妳母親，也就是我女兒，我從來沒收過那個人寫來的信，她都打電話。

給外公：他買了戒指。不是買給自己，是買給我的。銀製的便宜貨，不過戒圍剛剛好。他只把戒指拿給我，什麼都沒說。他很沉默寡言，我說「謝謝」，他就回答「嗯」。看他的眼睛好像有點濕濕的，我嚇了一跳。我很喜歡他，他的下巴是我喜歡的型，我們想聽的音樂類型也都一樣，雖然有時會覺得他是不是在配合我，不過，不管什麼都說「嗯」的他讓我很高興。他默不吭聲不回答時，我會覺得很害怕。敏子叩上。

給小敏：外公坐在長椅上差點要打盹了。沒看到妳的影子，一定是去找剛才說想買的CD了吧。這裡什麼都有，而且所有東西都有標價，讓人陷入錯覺，以為只要有錢什麼都買得到，就忍不住在這大大的購物中心盡情遊逛。不過，外公知道，世界上還是有即使有錢也買不到的東西。應該說，有些東西就算不買，只要存在著就好，世界上有許多這種東西。年紀愈大，愈常見到這種東西。外公。

給外公：你還活著嗎？媽媽去年夏天過世了。是常見的肝臟毛病。我的丈夫是醫生，所以媽媽走的時候應該很安心吧，她好像直到最後都以為自己會好。孩子們似乎因為外婆的死大受打擊，兩人經常半夜醒來窸窸窣窣說話。原來雙胞胎也可以談得來呢。我曾經以為同卵雙胞胎心靈相通，她們倆卻一天到晚吵架，看來還是各有各的心思。媽媽好像在離婚前就給自己買了墓地，所以我們不用花太多的錢。墓地前方就是海，地點很好。夏威夷島上一定也有類似的墓園吧。

媽媽死後，我總覺得好像多了解了自己一些。開始做很多夢，每個夢都很難解釋，像是穿著粉紅色芭蕾舞鞋走在傾盆大雨下的泥濘中，鞋子卻一點也沒弄髒，這令我感到十分詭異。之後，我開著吉普車走山路上山。丈夫和孩子都不在身邊，只有我一個人。場景忽然轉變，我開始生蛋，不知道從哪裡冒出來的蛋，我不停地生了一個又一個。那是一間像牢獄的房子，房裡滿滿都是蛋。我想著，那些蛋看起來好好吃，真想趕快回家做歐姆蛋。

外公，媽媽是愛我的。小時候我以為她討厭我，現在不這麼想了。外公愛著誰嗎？敏子。

給不管什麼時候都是我最愛的小敏：我愛的當然只有妳一個。妳說我沒有人生，我當然也有人生，愛著妳的人生。外公手書。

給外公：我的外孫也出生了，是個男孩，好可愛。他會尿尿，也會大便，還會打呵欠和打嗝。這些事明明自己生孩子時也經驗過，卻像第一次體驗似的好有新鮮感。我女兒（雙胞胎的老大）已經回職場工作了，白天就由我照顧外孫。

外公，你幫我換過尿布嗎？還是，你只是會寫信給我的外公？敏子。

給小敏：妳看那一家人，每個人買的東西看起來都好重，只能拖著腳步慢慢走。買了想要的東西應該很幸福，他們看起來卻不太開心。戴棒球帽胖得像相撲選手的是爺爺；一邊走路一邊用空著那隻手按計算機的是爸爸，穿著夏威夷洋裝的媽媽忙著罵兩個小孩，孩子們吱吱喳喳吵架吵個不停。妳說我是羨慕這些人呢，還是同情呢？兩者都說不上。只是，那就是我現在看到的，活在我眼前的人們。妳應該也看得見吧，一定能看見的。所以，妳也用嬰兒車推著外孫跟我來吧，小心別跟丟了。今晚我們來吃涮涮鍋吧，趁太陽還沒下山，把卡式瓦斯爐搬到陽台上，三人一邊看夕陽一邊吃晚餐。

給外公：這應該是最後一封信了。我想自己這一生是幸福的，女兒和外孫在隔壁房間，我即將進入母親的墳墓。丈夫去世後沒有葬在他家埋葬代代祖先的墓地，他主動說要進入我媽的墳墓，為了將來可以永遠和我在一起。丈夫說會一直在那裡等我，不過，我只讓他等了半年。再見了，外公。敏子。

給小敏：妳不會死，因為妳甚至還沒出生。我期待著哪天能見到妳，這就是我活著的樂趣。外公手書。

男人靠在車椅背上伸一大懶腰。打開車門走下車，熱氣瞬間纏繞上來，裹住男人的身體。停成一排的車依然默默從尾部噴煙。蟬叫了起來。男人打開後車廂，再次拿出烏龍茶回車上，一副不干己事的樣子望著文字處理機的螢幕。從畫面向下捲動的情形看來，應該是在閱讀文章吧。他只咧嘴笑了一次，看起來不是滿意的笑容。這麼說來，這笑容又代表什麼呢？好像讀完了。按了兩三下鍵盤後，男人從文字處理機側面取出一小張記憶卡，裝進信封。封好之後，在信封上寫下「給小敏」，然後裝進內袋。接著，他繫上安全帶，將車子開出去。白色 COROLLA 很快就混入車陣中看不見了。

佐野小姐的信

谷川俊太郎

我是個很懶得動筆的人，佐野小姐則寫得很勤。素來以有意思的散文獲得好評的佐野小姐連寫這種沒有稿費的信時，也會用寫散文的稿紙和鋼筆，像演奏即興爵士樂般流暢地書寫。我從手邊還留著的她的來信中，選出彼此剛認識時收到的一封信來代替後記。

※

前幾天做了厚臉皮的請求，真是丟人也（真怪的日語）。

好吧，來說做夢的事。可是實在太下流了，搞得我很生氣又害怕，再加上處於鬼壓床狀態，要是把內容化作文字寫下來，哪天我不小心成了偉人，被拿去拍賣的話就傷腦筋了，所以下次見面時，我再把這下流的夢境講給你聽好了。

我這陣子精神不太好，為了給我打氣，永遠的情人也不知道有何目的，特地搭飛機給我送高麗人蔘茶來。上頭寫的是朝鮮語，到底有什麼效果也不知道，就當作是傳說中的精力湯吧，我每天咕嘟咕嘟地喝，喝到都會擔心萬一喝太多是否會產生什麼副作用。這玩意兒苦甜苦甜的，比起苦味，甜的部分有一種下流的味道，那是一種讓人幾乎上癮的不祥滋味。不過相信就是力量，話說回來，要是真恢復活力了，我這人不曉得會幹出什麼事，畢竟我一直都預感自己會長命百歲。

然後我剃了個光頭，所以現在嚴禁外出。可是前幾天跟朋友約碰面，朋友走進約好的咖啡店，朝店裡環顧一圈就出去了。

我以為她是去辦什麼事，就在裡面等，但是怎麼等她都沒再出現。後來我氣得要死，問她搞什麼，她竟然堅持「妳又不在那間店裡，那間店裡只有男人」。

隔天，我就把妹妹給我的化妝品和別人忘在我這兒的睫毛膏全部搬出來，把眼睛畫得大大的，像隻狸貓似的。若說被當成男人和被當成狸貓哪個好，當然寧可選狸貓。兒子被人誤認成女孩，我這媽被誤認成男人，簡直就是阿達一族。

我有低血壓的毛病，經過審慎考慮，已經放棄找朋友一起吃早餐了。

早上是我最暴躁的時候。

話說回來，儘管不高興，那種想找人吵架的欲望和伴隨而來的豪華絢爛惡言惡語惡態有如泉湧，這不正是大腦活躍的證據嗎？真想把這股能量運用在和平的事情上，不知道可不可以在哪裡加裝什麼淨化槽之類的東西。

然後我啊，需要的是像查泰萊夫人的獵場看守人一樣體力佳（不用上床也沒關係），像左甚五郎一樣手巧，像花心漢一樣輕佻，又是個機械電機類天才的人。

我家的狗總是跳過壞掉的柵欄跑出去玩，需要人幫忙修理柵欄。為了不讓兒子老是看電視，得把家裡的電視弄成只能看三個頻道。有沒有人能俐落地做好這些事啊。如果可以的話，我的車最近狀況不好，能爽快地揹著我跑到車站也不喘一下是最好的了。

在我家修理壞掉的東西或重物時長什麼樣都沒關係，唯獨揹我跑時就像草刈正雄揹著狸貓，跑得像韋馱天一樣快的，不知會是何方神聖？

不過反過來說，男人當然也會對女人開條件吧？最好是健康又笑口常開，做菜洗衣樣樣行，人美個性溫柔，對男人一、兩次的花心可以笑笑當沒這回事，勤儉存私房錢，總是衣著整潔，既能像出色的酒店小姐那樣懂得尊崇男人，又能優雅地教育小孩。聽了我這樣說，誰也笑不出來呢。

今天我家的貓很幸福。因為我做了竹莢魚泥，將魚頭魚骨魚皮熬湯給牠喝，牠高興得手舞足蹈。平常只能吃看起來可憐兮兮的貧乏貓飼料，所以才能感受到這份幸福吧。

感謝神明讓我打下不管對什麼事都不奢侈浪費，只要有竹莢魚骨頭就能高興到手舞足蹈的基礎。

寫了些無足輕重的垃圾話，請丟進垃圾桶吧。我還無法發揮實力。

應該有很多錯漏字（平常工藤先生都會用紅筆幫我修正），請見諒。

（一九八七年／原文照登）

木曜文庫 05
兩個夏天
ふたつの夏

作者／佐野洋子、谷川俊太郎
封面、內頁插畫／佐野洋子
譯者／邱香凝
社長／陳蕙慧
副社長／陳瀅如
總編輯／戴偉傑
封面設計／萬亞雰
責任編輯／王淑儀

出版／木馬文化事業股份有限公司
發行／遠足文化事業股份有限公司（讀書共和國出版集團）
地址／ 231 新北市新店區民權路 108-4 號 8 樓
電話／ (02)22181417 傳真／ (02)8667-1891
Email：service@bookrep.com.tw
郵撥帳號／ 19588272 木馬文化事業股份有限公司
客服專線／ 0800221029
法律顧問／華洋法律事務所 蘇文生律師
印刷／中原造像股份有限公司
初版一刷／ 2020 年 08 月
初版三刷／ 2023 年 08 月
定價／ 360 元
ISBN ／ 978-986-359-811-4

FUTATSU NO NATSU
by SHUNTARO TANIKAWA, YOKO SANO
Illustration by YOKO SANO